●동양 철학 교육교재

쉽게 풀어 쓴
논 어

김경탁 譯

KB191299

明文堂

머리말

공자는 석가모니, 예수와 함께 세계 3대 성인이라 일컬어질 정도로 위대한 분이다.

공자의 사상, 즉 유교(儒敎)는 동북아시아의 한국, 중국, 일본의 3개국 국민의 사고와 생활을 형성하는 데 있어서 가장 큰 영향을 주었다. 특히 우리나라에서는 조선 5백 년 동안 이 유교 사상을 근본으로 하여 정치·경제·문화 등이 형성, 발전해 왔다. 그러므로 오늘날 어느 누가 불교를 믿든, 기독교를 믿든, 또는 우리가 의식하건, 의식하지 않건 우리의 생각과 언행의 밑바탕에는 은연중 유교 사상이 있다고 할 수 있다.

《논어》는 어려운 이론의 철학서가 아니다. 예절·학문·정치 및 도덕 생활과 인간관계에 관한 지침과 실제를 일깨워주는 이른바 인생 철학 또는 생활철학서이다. 누구나 읽고 바로 이해하기 쉬운 저서이다. 다만 원문이 고대 중국어로 되어 있으

므로 어느 정도 한문을 아는 사람도 그 해석이
어려워서 우리가 읽기 어려운 책으로 알고 있을
따름이다.

근래 세계 각국에서도 청소년 문제가 큰 사회문
제가 되는 추세이다. 다행히 우리나라에서는 청소
년에게 철학 교육을 하여 건전한 인생관과 윤리관
을 심어주려 한다니 반가운 일이 아닐 수 없다.

동양인, 특히 한국인의 사고와 생활을 형성하는 데
큰 몫을 한 《논어》를 청소년을 비롯한 한글 세대
도 이해하기 쉽게 추려 엮은 것이 이 《쉽게 풀어 쓴
논어》이다.

아무쪼록 우리 청소년들이 공자의 위대한 생활철
학을 잘 배워서 온고지신(溫故知新)의 거울로 삼
고, 선진 조국의 견실한 일꾼이 되는 데 조금이
나마 도움이 되었으면 하는 마음 간절하다.

역 자

차 례

머리말 • 3

논어 해제 • 31

1. 논어와 유교(儒敎) 32
2. 논어는 누가 언제 어떻게 만든 책인가? 34
3. 논어의 종류 37
4. 논어는 어떤 책인가? 39
5. 논어는 어떻게 읽어야 할까? 40
6. 논어를 통하여 본 공자의 생애와 사적(事蹟) 42
7. 논어를 통하여 본 공자의 시대 배경 53
8. 논어를 통하여 본 공자의 학설 55
9. 맺는말 63

Ⅰ. 공자 • 65

1. 공자의 사람됨과 말씀 • 66

1)공자의 일생 ··66

2)옛것을 전할 뿐, 창작하지 않는다 ················66

3)일관(一貫)된 도(道) ·····························67

4)공자의 자신(自信) ·····························68

5)공자의 겸손한 마음 ····························68

6)공자의 네 가지 근심 ···························68

7)공자의 사람됨 ································69

8)공손(恭遜)·경건(敬虔)·충실(忠實) ···········69

9)또 무엇을 할까? ·······························70

10)안연(顔淵)이 본 공자의 인격 ·················70

11)가르침의 한계 ·······························71

12)공자는 전문적 기술자가 아니시다 ···········72

13)성인(聖人)은 스승이 없다 ·····················72

14)공자의 말씀에는 인간의 본성과 하늘의 이치에
대한 말이 적다 ·······························73

15)사람은 태어나면서부터 정직하다 ············73

16)인물 본위의 인간관 ···························74

17)공자는 하늘과 같다 ···························74

18)공자의 식사 예법 ·····························75

19)공자의 모습 ································76

20)공자와 제자 사이에는 비밀이 없다 ··········76

21)제자의 손에 죽고 싶다 ·······················77

22)공자는 세상의 목탁(木鐸)이다 ·················77

23)등용해 줄 사람을 기다린다 ·················78

24)공자와 제자들의 이상(理想) ·················79

25)불의(不義)의 부귀는 뜬구름과 같다 ·················80

26)은자(隱者)와 자신을 평하다 ·················80

27)삼가신 세 가지 일 ·················81

28)세상을 버리기는 힘들다 ·················81

29)성문지기가 공자를 비웃다 ·················82

30)공자가 미워한 것 ·················83

31)공자의 한탄 ·················83

32)원대한 뜻을 가진 공자 ·················84

33)위대한 공자의 인격 ·················84

34)공자를 훼방할 수 없다 ·················85

35)하늘이 나와 같이한다 ·················86

36)하늘이 낸 나를 누가 해치랴? ·················86

37)하느님만이 나를 안다 ·················86

38)아는 것도 물어보는 것이 예다 ·················87

39)공자의 상례(喪禮) ·················87

40)수렵(狩獵)의 범위 ·················88

41)나에게 죽음을 묻지 말라 ·················88

42)은자 장저(長沮)와 걸익(桀溺) ·················88

43)잘못을 말해 주는 사람이 있으니 다행한 일이다
   90

44)예술가로서의 공자 …………………………………91

45)문왕(文王)의 무악(武樂)을 평하다 ……………91

46)음악을 바로잡은 공자 …………………………92

47)예악(禮樂)의 본질 ………………………………92

48)노래를 재청(再請)한 뒤에는 화답하다 …………92

49)음악의 원리 ………………………………………93

50)사랑의 마을을 택하라 …………………………93

51)나쁜 아버지에게서도 좋은 아들이 나올 수 있다
   94

52)타락한 사람들 …………………………………94

53)자연은 흐르는 물과 같을까? …………………95

2. 제자들 ● 96

54)용기와 의리 ……………………………………96

55)제자의 자질(資質) ……………………………96

56)자공(子貢)과 안회(顔回) ……………………97

57)안회의 인(仁) …………………………………98

58)도덕의 한계 ……………………………………98

59)안빈낙도(安貧樂道)의 생활 …………………98

60)학문의 정열 ···99

61)안회의 정진(精進) ·································99

62)안회의 죽음을 슬퍼하다 ····················99

63)더욱 적극성을 띠라 ··························99

64)뛰어난 제자들 ·································100

65)안회의 호학(好學) ·····························101

66)하늘이 나의 도를 망하게 하였구나! ··········101

67)누구를 위하여 통곡하랴? ·················102

68)제자들의 인품 ·································102

69)안회와 자공의 인품 ························103

70)선생님보다 먼저 죽어서는 안 된다 ·············103

71)자장(子張)의 인격 ···························104

Ⅱ. 공자의 중심 사상 • 105

1. 효도의 길 • 106

1)효도와 형제애(兄弟愛)는 인(仁)의 근본이다 ·····106

2)효자의 자격 ·····································106

3)효도와 예절 ·····································107

4)효도와 건강 ·····································108

5)효도와 존경 ·····································108

6)효도와 부드러운 정서 …………………………109

7)부모를 섬기는 태도 ……………………………109

8)부모가 살아계실 때는 멀리 떠나지 말라 ………110

9)부모가 돌아가신 지 3년 동안은 생활양식을

　고치지 말라 ……………………………………110

10)부모의 나이를 알라 ……………………………110

11)증자(曾子)의 효행 ………………………………110

12)민자건(閔子騫)의 효행 …………………………111

13)삼년상(三年喪)의 이유 …………………………111

14)상사(喪事)는 슬픔이 근본이다 ………………113

15)인간 본연의 정 …………………………………113

16)맹장자(孟莊子)의 효도 …………………………113

17)참된 정직 ………………………………………114

2. 충(忠)의 자세 • 115

18)대우(待遇)보다 일 중심 ………………………115

19)임금을 섬기는 도리 ……………………………115

20)사랑하는 아들은 종아리를 때려라 ……………115

21)예를 다하는 것은 아첨이 아니다 ……………115

22)하느님 이외의 신(神)에게 기도하지 말라 ……116

23)은(殷)나라의 세 인자(仁者) …………………116

24)구국(救國)의 정열 ……………………117

25)무도(無道)한 왕은 돕지 않는다 …………119

26)충성과 청백(淸白) …………………………119

27)계자연(季子然)의 어리석은 질문 …………121

28)거백옥(蘧伯玉)의 사신(使臣) ………………122

29)공무(公務)가 아니면, 상관의 사택(私宅)을 찾지

　말라 ……………………………………123

30)장무중(臧武仲)의 반역(反逆)하려는 마음 ………123

31)우직(愚直)은 지혜보다 낫다 ………………124

32)진문공(晉文公)과 제환공(齊桓公) ……………124

33)관중(管仲)의 인(仁) ………………………125

34)관중은 대의(大義)에 살다 …………………126

3. **벗을 사귀는 도리** ● 127

35)군자와 소인 …………………………127

36)덕은 반드시 이웃이 있다 ……………127

37)안평중(晏平仲)의 교제 ………………127

38)얻기 힘든 벗 …………………………128

39)우정 ……………………………………128

40)집을 지으려면, 먼저 연장을 갈라 …………128

41)유익한 벗과 해로운 벗 ………………129

42)사람을 거부하지 않는다 ················130

43)군자의 교우론(交友論) ················130

44)벗에게 하는 충고 ················131

45)동지로서의 자격 ················131

46)여자와 소인은 다루기 어렵다 ················131

4. 수양(修養) • 132

47)증자의 세 가지 반성 ················132

48)젊은 학생들의 몸가짐 ················132

49)행위는 학문에 앞서야 한다 ················133

50)색(色)을 좋아하듯, 덕을 좋아하라 ················133

51)먼저 남을 알아야 한다 ················133

52)어진 사람의 인격 ················134

53)가난하여도 도를 즐기고, 부자라도 예를 좋아한다
   134

54)수양과 벼슬 ················135

55)인(仁)에 뜻을 둔 사람 ················135

56)하루라도 인에 힘쓸 사람이 있을까? ············135

57)어진 사람과 어질지 않은 사람 모두에게 배울
   것이 있다 ················136

58)예로 자신을 제약(制約)하라 ················136

59)두 번 생각하면 충분하다 ·················137

60)자신을 꾸짖는 마음 ·················137

61)해보기도 전에 힘이 부족하다 말하지 말라 ···137

62)내가 하고 싶은 것을 먼저 남에게 하게 하라 138

63)공자의 태도 ·················139

64)나의 스승 ·················139

65)얻기 힘든 사람들 ·················139

66)인격의 완성 ·················140

67)끊어 버린 네 가지 욕망 ·················140

68)인이란 예로 돌아오는 것 ·················140

69)덕을 높이고 악(惡)을 숨기는 법 ·················141

70)인은 남을 생각하는 것 ·················142

71)총명의 뜻 ·················143

72)덕행을 높이고 미혹을 분별한다 ·················143

73)달인(達人)이란? ·················144

74)절조(節操)가 없는 사람 ·················145

75)도의 실천은 힘들다 ·················146

76)정말 근심해야 할 일 ·················146

77)좋은 말[馬]이란? ·················146

78)먼 장래를 생각하지 않으면 절박한 걱정이
　따른다 ·················146

79)자기 잘못은 꾸짖고, 남의 잘못에는 너그러워라
   147

80)관용(寬容)의 도 ·······························147

81)진정한 잘못 ·································147

82)선을 추구하는 생활 ·························148

83)내 어찌 먹지 못하는 쓴 박[匏]이 될까? ········148

84)좋은 말은 듣기만 하지 말라 ···············149

85)있으나 마나 한 사람 ·······················150

86)선인(善人)의 의의 ·························150

87)사람은 도(道)에서 살아야 한다 ···········150

88)도를 즐기는 생활 ···························151

89)덕을 아는 사람은 드물다 ···················151

90)물과 불보다 더 필요한 인(仁) ···········151

91)도에 살고, 도에 죽는다 ···················151

92)하늘만이 나를 안다 ·························152

93)도(道)와 사람 ······························152

5. 학문하는 태도 • 153

94)군자다운 사람 ·····························153

95)옛것을 익혀 새것을 안다 ···················153

96)학문과 사색(思索) ·························154

97)학문의 목적 ·······················154

98)진정으로 아는 것 ·····················154

99)넓게 배우고, 실제 문제를 생각하라 ············155

100)과거를 알면 현재와 미래를 알 수 있다 ·····155

101)노력과 학문 ······················156

102)사색과 학문 ·······················156

103)말과 실천 ·······················157

104)아랫사람에게 묻기를 부끄러워하지 말라 ····157

105)성실과 학문 ·······················157

106)남에게 화풀이하지 말라 ···············158

107)학자의 자세 ·······················158

108)공자는 표준어로 시서(詩書)를 읽으셨다 ·····158

109)많이 듣고 보는 것이 낫다 ············159

110)학문하는 태도 ·····················159

111)군자의 학문, 명(命)과 인(仁) ···········159

112)진보(進步)와 퇴보(退步) ···············160

113)아는 것은 실천하라 ················160

114)안회의 침묵 ······················161

115)수양이냐, 명성이냐 ················161

116)허영(虛榮)을 버리고 실력을 길러라 ·········161

117)자기 자신을 알아야 한다 ············161

118)학문과 벼슬 ···162

119)배운 것을 실천하라 ···162

120)학문은 모든 것의 뒷받침이 된다 ···············162

121)《시경(詩經)》의 정신 ···································164

122)《시경》의 효능 ···164

123)일관(一貫)된 도 ···165

124)《시경》과 인격 형성 ·······································165

6. 교육의 방법과 필요성 • 167

125)문을 두드리지 않는 사람에게는 열어 주지

않는다 ···167

126)네 가지 가르침 ···167

127)오는 자를 맞아들이라 ···································167

128)어떻게 할 수 없는 사람 ·······························168

129)성실을 다하여 가르친다 ·······························168

130)교육에는 계급이 없다 ···································169

131)마름질하지 않은 비단과 같은 젊은이들 ······169

132)기백(氣魄)과 절조(節操) ·······························170

133)본성(本性)과 교육 ···170

134)인간 형성과 교육 ···170

135)재주에는 한계가 있다 ···································171

136)사람의 네 가지 차등(差等) ·······················171

137)상지(上知)와 하우(下愚)와 평범 ·················171

138)선인(善人)의 재능 ······························172

139)전쟁과 국민 교육 ·······························172

140)세 가지 교훈 ·································172

141)능력에 따라 가르친다 ························174

142)건방진 소년 ······························175

143)하늘은 말이 없다 ····························175

144)묻는 말은 같아도, 대답은 달라야 한다 ·······176

145)행동의 교훈 ·································177

146)어진 한 사람을 보고, 그 나라를 알 수 있다

　　177

147)난세를 탄식하다 ······························178

7. 말 • 179

148)아첨에는 인(仁)이 없다 ·······················179

149)말보다 실천 ································179

150)실천이 앞서야 한다 ···························179

151)말은 더디고, 행동은 민첩하게 ··················179

152)충고(忠告)에도 한계가 있어야 한다 ············180

153)인덕(仁德)과 말재주 ·························180

154)군자를 속일 수는 있지만 빠지게 할 수는 없다
181

155)남의 일에 간섭하지 말라 ·······················181

156)공사(公私)에 다르게 말하다 ·················181

157)남용(南容)의 언행 ······························182

158)민자건의 능변(能辯) ···························182

159)말재주를 싫어한다 ······························183

160)실천하기 어려우니, 쉽게 말할 수 없다 ······183

161)국가의 흥망(興亡)이 달린 말 ················184

162)덕과 말, 인(仁)과 용(勇) ·····················185

163)큰소리치는 사람은 실천이 따르지 않는다 ··185

164)남을 비판할 겨를이 없다 ·····················186

165)문장의 의의 ····································186

166)지자(知者)는 실인(失人)도, 실언(失言)도 하지
않는다 ···186

167)말에는 도의(道義)가 따라야 한다 ··········186

8. 행실 • 188

168)의리, 약속, 예의, 존경 ·······················188

169)지자(知者)는 어리석은 것 같다 ··············188

170)사람을 보는 법 ·································189

171)멍에 없는 수레와 같은 사람 ·····················189

172)조상 이외의 우상에게 절하지 말라 ·············189

173)근본 없는 사람에게서 무엇을 취하랴 ·········189

174)인자(仁者)와 지자(知者) ····························190

175)인자의 곧은 마음 ···································190

176)사람이 이익만 알면, 원망을 받는다 ············190

177)욕심이 없어야 강직(剛直)할 수 있다 ···········191

178)썩은 나무에는 조각(彫刻)할 수 없다 ···········191

179)자공의 염원(念願) ···································192

180)분에 넘치는 행위는 지자(知者)가 할 일이

  아니다 ···192

181)정직한 사람 ··193

182)두 가지 부끄러운 일 ·····························193

183)겸용(謙勇)의 덕 ·····································193

184)지(知)와 인(仁) ·····································194

185)지자(知者)는 물을 좋아하고, 인자(仁者)는 산을

  좋아한다 ···194

186)인(仁)하지 않으면 사람답지 않다 ···············195

187)중용(中庸)의 덕 ·····································195

188)진퇴(進退)의 길 ·····································195

189)부(富)와 의(義) ·····································196

190) 인은 가까운 데 있다 ···············196

191) 도를 실천하기는 어렵다 ···············197

192) 차라리 고루(固陋)한 것이 낫다 ···············197

193) 교만과 인색 ···············197

194) 후배를 두려워하라 ···············197

195) 지(知)·인(仁)·용(勇) ···············198

196) 사람이 귀하다 ···············198

197) 중용 ···············198

198) 염구(冉求)의 인품 ···············199

199) 자로(子路)의 결단성 ···············199

200) 착한 사람이란? ···············199

201) 인(仁)에 가까운 사람 ···············200

202) 수치(羞恥)스러운 일 ···············201

203) 네 가지 정(情)의 극복 ···············201

204) 완성된 인격자 ···············201

205) 공숙문자(公叔文子)의 인품 ···············202

206) 원수를 정직한 마음으로 갚으라 ···············203

207) 원양(原壤)의 교만 ···············203

208) 말과 행위 ···············204

209) 자기를 희생하여 인을 이루다 ···············205

210) 스스로 구하지 않는 사람 ···············205

211)순직(純直)의 도 ························205

212)의심스러운 부분은 망조(妄造)하지 말라 ······206

213)작은 일을 참지 못하면 큰일을 이룰 수 없다

　206

214)인(仁)은 스승에게도 사양할 필요가 없다 ····206

215)유익과 해를 주는 세 가지 즐거움 ············207

216)백성은 부귀가 아니라 덕을 찬양한다 ········207

217)인(仁)은 다섯 가지를 이룬다 ···············208

218)가식(假飾)된 소인(小人) ··················208

219)세속에 아부(阿附)하는 도둑 ················209

220)비열한 사람들 ··························209

221)무위도식(無爲徒食)하지 말라 ···············209

222)볼 장 다 본 사람 ·······················210

223)타락한 세상에서의 처세 ···················210

224)자장(子張)의 단점 ······················210

225)백이(伯夷)·숙제(叔齊)는 과거의 잘못을 잊었다

　211

9. 예절의 여러 형태 • 212

226)예절로 조절한다 ························212

227)흰 바탕이 마련된 뒤에 색칠한다 ·············212

228)예의 근본 ······················213

229)예악은 인을 떠날 수 없다 ······················213

230)예의는 임금보다 중하다 ······················214

231)소송이 없는 나라 ······················214

232)임금을 섬기는 예 ······················214

233)신분에 따른 인사 ······················215

234)출퇴(出退)의 예 ······················215

235)이름 부르는 예 ······················216

236)국빈(國賓)을 맞는 예 ······················216

237)외교관으로서의 몸가짐 ······················217

238)문안에 관한 예 ······················217

239)자리에 앉는 예 ······················218

240)이웃간의 예 ······················218

241)복장의 예 ······················218

242)수레에서의 예 ······················219

243)평소의 예의범절 ······················220

244)사람에 대한 예 ······················220

245)맹인 악관(樂官)을 대하는 예 ······················221

246)도리에 맞는 예 ······················222

247)예악은 어울려야 한다 ······················222

248)예악에는 등급이 있다 ······················223

249)관중은 작은 그릇이다 ·······················223

250)제사 지낼 때의 몸가짐 ·····················224

251)성의가 없는 제사는 무의미하다 ··········224

252)제사는 다른 사람이 대신할 수 없다 ·······224

253)양(羊)보다 예가 중요하다 ················225

254)지나친 예는 예가 아니다 ···············225

255)신분과 장례 ·································226

256)큰 덕과 융통성 있는 예절 ···············227

257)증명은 근거가 있어야 한다 ··············227

258)산신령이 예의 근본을 물은 임방(林放)만

못한가? ··227

259)예악의 근본 ·································228

10. 군자(君子) • 230

260)군자의 마음가짐 ·························230

261)군자의 몸가짐 ···························230

262)군자는 기술자가 아니다 ················231

263)군자의 승부(勝負) ······················231

264)군자는 인(仁)에 살고, 인에 죽는다 ·······231

265)잘못을 보아도 인(仁)을 알 수 있다 ·······232

266)도에 뜻을 둔 사람 ······················232

267)오직 의를 따를 뿐이다 ·················233

268)군자는 덕과 형법을 생각한다 ·········233

269)군자와 소인의 구별 ·····················233

270)군자의 네 가지 도 ·····················233

271)재물이 많으면 남에게 나누어 주라 ·········234

272)성실과 교양 ······························235

273)널리 배운 것을 예로 요약(要約)하라 ·········235

274)군자의 이상적인 생활 ·····················236

275)군자와 소인의 마음 ·····················236

276)군자의 감화(感化) ·····················236

277)군자의 세 가지 예 ·····················236

278)군자의 실천 ······························237

279)참된 군자의 지조(志操) ·················238

280)군자의 책임 ······························238

281)군자의 처세 ······························239

282)다능(多能)은 성인의 조건이 아니다 ·········239

283)굳은 지조는 빼앗을 수 없다 ·············240

284)겨울이 되어야 소나무와 잣나무의 절개를 알

수 있다 ······································240

285)군자의 즐거움 ··························241

286)군자를 아는 법 ························241

287)군자는 두려움이 없다 ·····························241

288)군자에게 고독은 없다 ·····························242

289)형식과 내용의 조화 ································243

290)군자와 소인 ··243

291)선비의 자격 ··244

292)군자는 부화뇌동(附和雷同)하지 않는다 ········245

293)섬기기 쉬운 사람, 섬기기 힘든 사람 ··········245

294)군자와 소인의 차이 ·······························246

295)선비의 태도 ··246

296)선비의 몸가짐 ······································247

297)힘보다 덕 ···247

298)군자와 소인의 인(仁) ·····························248

299)선비의 뜻은 커야 한다 ···························248

300)군자의 수양과 소인의 타락 ·····················248

301)군자가 생각하는 영역 ···························248

302)공자의 인격 ··249

303)실천을 소중히 여긴다 ···························249

304)현자(賢者)가 피하는 네 가지 ···················249

305)수신(修身)·제가(齊家)·치국(治國)·평천하(平天
下) ··250

306)군자는 곤궁하면 참고, 소인은 곤궁하면

　　탈선(脫線)한다 ·······························250

307)사어(史魚)와 거백옥 ····················251

308)군자는 의리를 본질로 삼는다 ··········252

309)군자는 자기 무능(無能)을 병으로 여긴다 ·····252

310)사람은 죽은 뒤에 좋은 이름이 남아야 한다 252

311)군자와 소인의 태도 ······················252

312)군자의 처세 ······························253

313)군자의 마음은 공평무사(公平無私)하다 ········253

314)군자의 근심 ······························253

315)군자와 소인의 재능 ······················254

316)대의(大義)를 위해 소의(小義)를 버린다 ········254

317)군자를 모실 때의 세 가지 잘못 ··········254

318)군자가 경계해야 할 세 가지 ·············255

319)군자가 두려워해야 할 세 가지 ··········255

320)군자가 생각해야 할 아홉 가지 ··········255

321)군자가 미워하는 것 ······················256

322)용기와 의리 ······························257

323)군자도 사람을 미워한다 ·················257

324)선비의 네 가지 조건 ····················258

325)군자는 큰 도에 힘쓴다 ·················258

326)성공의 길 ·······························259

327)소인은 핑계만 댄다 ·······················259

328)덕 있는 군자의 용모 ·····················259

329)군자와 정치 ·······························260

330)천하의 악(惡)을 모두 들은 주왕(紂王) ·········260

331)군자의 잘못은 일식(日蝕)과 같다 ·················261

332)천명(天命)을 알고, 예를 알고, 말을 안다 ····261

11. **정치** • 263

333)정치의 근본인 덕(德) ·······················263

334)법보다 덕이 근본이다 ·····················263

335)정치의 의의 ·······························263

336)정치가의 성실함 ·························264

337)예와 겸양(謙讓)으로 다스려야 한다 ·············264

338)위정자의 몸가짐 ·························265

339)위정자 먼저 자신을 바로잡으라 ·················265

340)예를 좋아하는 윗사람의 교화 ·····················265

341)위정자는 모범을 보이라 ·······················265

342)정치의 은혜와 덕 ·························266

343)세 가지 정책 ·····························266

344)성군(聖君)의 정치 ·························267

345)적은 것을 걱정하지 말고, 균등하지 않은 것을

    걱정하라 ···269

346)다섯 가지 미덕(美德)과 네 가지 악(惡) ·······272

347)도둑을 없애는 법 ··275

348)제정일치(祭政一致) ···275

349)군자와 소인의 직분 ··275

350)지식·인덕·장엄·예 ···277

351)폭력보다 예 ···277

352)먼저 문물제도를 바로잡으라 ······························278

353)나라를 부강하게 하는 법 ·····································278

354)윗물이 맑아야 아랫물이 맑다 ·····························279

355)위정자의 덕은 바람과 같다 ·································280

356)임금이 예의가 있으면 신하가 충성한다 ······281

357)어진 신하가 있으면 망하지 않는다 ···········281

358)임금은 상중(喪中)에는 정치하지 않는다 ······282

359)덕(德)의 정치 ···282

360)인재를 등용하는 법 ··282

361)인(仁)은 사람을 사랑하는 것이다 ················283

362)백성이 복종하지 않는 이유 ·······························284

363)부하를 추천한 공숙문자 ·····································285

364)관직의 도둑 ··285

365)백성의 범죄는 위정자에게 책임이 있다 ······286

366)선인(善人)의 정치 ·····················286

367)정치는 힘들다 ·························286

368)작은 이익을 탐내면, 큰일을 못한다 ···········287

369)정치와 도덕 질서 ·····················287

370)여론에 미혹되지 말라 ···················288

371)백성을 법에 따르게 하나, 그 과정을 알게 할
수는 없다 ························288

372)너무 미워하면 반란(反亂)을 일으킨다 ·········289

373)정(鄭)나라에서 외교문서를 정중히 꾸미다 ··289

374)정치에 대한 공자의 자신(自信) ·············289

375)공자의 정치적 자세 ····················290

376)효행과 우애는 정치의 출발점이다 ···········290

377)정치는 명실일치(名實一致)가 첫째다 ·········291

378)제(齊)나라의 미인계(美人計) ··············292

379)주(周)나라의 선정(善政)을 실현하리라 ·········293

380)우(禹)임금의 정치 ····················294

381)첫째 경제, 둘째 교육 ··················294

382)예와 조화 ·························295

383)위대한 요(堯)임금의 업적 ················295

384)위대한 요임금의 정치 ··················296

385)정권의 출처를 알면, 국가의 흥망(興亡)을 알 수

있다 ··296

386)질서가 무너지면 망한다 ······························297

387)대의(大義)를 거스른 계씨(季氏) ·····················297

388)무도(無道)한 위정자 아래서 벼슬하지 않는다
298

389)군주의 도(道) ···298

390)정치를 맡길 만한 제자 ······························299

391)자신에게 대범(大汎)하고, 남에게도 대범하면
지나치다 ···299

392)시와 정치 ···300

393)맹공작(孟公綽)의 재능 ·······························300

394)체제(禘祭)의 의의 ·····································301

395)백성의 신망이 첫째다 ·······························301

396)닭을 잡는데, 큰 칼을 쓸 필요가 없다 ········302

397)제자들의 포부(抱負) ·································303

398)문왕(文王)의 덕 ·······································307

399)인재는 나라의 영광 ·································308

400)예를 모르는 양화(陽貨) ·······························308

찾아보기 • 311

논어 해제

論語 解題

공자(孔子)

1. 논어와 유교(儒敎)

"너 자신을 알라."

그리스의 철인(哲人) 소크라테스는 자기 자신을 아는 것이야말로 모든 지혜 가운데 가장 소중하다고 말하였다. 마르쿠스 아우렐리우스는,

"그 사람의 일생을 좌우하는 것은, 그 사람이 가지고 있는 사상(思想)이다."

라고 말하였다. 그렇다면 인생에 있어서 가장 소중한 것은 '자기를 아는 것'이며, '자기 인생을 좌우하고 있는 사상'을 이해하는 것이 아닐까?

논어는 우리가 자기를 알고, 자기 인생을 지배하고 있는 사상을 알기 위해 반드시 읽어야 할 책이다. 누구나 알고 있듯이, 오늘의 유럽인이 그리스도교 사상으로 성장해 온 것처럼, 우리 동양인은 유교(儒敎) 사상 속에서 성장해 왔다. 우리는 알게 모르게, 먼 조상으로부터 이어받은 유교 사상적 영향 속에 살고 있다. 아니 유교 사상이야말로 우리의 인생관, 사회관, 정치관, 도덕관, 그

밖의 온갖 — 이를테면 인생 전체의 피요, 살이요, 한순간도 떠나 살 수 없는 생의 기반이다.

논어는 실로 우리 생의 기반이요, 터전이 되어 있는 유교의 중심 경전(經典)이다. 유교란 한마디로 말하면 논어에서 나온 사상이요, 논어로 돌아가는 사상이다.

따라서 논어를 이해한다는 것은 나를 안다는 것이며, 나를 포함한 우리 사회를 움직이고 있는 사상을 안다는 것이다. 서구 문명을 이해하기 위해서는 《신약성서》를 반드시 읽어야 한다. 마찬가지로 동양 문명을 이해하기 위해서는 우리는 반드시 논어를 읽어야 한다.

또한 논어는 나를 알게 하고, 내가 사는 사회를 알게 할 뿐 아니라, 나 자신을 사람다운 사람으로 만들어 주는 한없는 정신적 양식을 제공해 준다. 논어를 통하여 우리에게 이야기하는 공자의 인격적 감화를 통하여, 우리는 진정 인생의 참된 의의(意義)를 발견하게 되고, 인생의 가치가 무엇인가를 알게 되고, 보람 있는 삶의 지침을 얻을 수 있다.

물론 공자도 시대의 아들이다. 그가 위대한 사상가, 인류의 스승, 영원한 성인(聖人)임에 틀림없으나, 결코 신(神)은 아니다. 그러므로 우리는 논어를 읽을 때, 한 글귀, 한마디를 맹종(盲從)할 필요는 없을지 모른다. 그러나 논어를 통하여 표백된 공자의 사상에는 시간과 공간을 넘어 우리의 살, 피를 만들어야 할 위대한 정신의 유산(遺産)이 넘쳐 흐르고 있다. 이 위대한 유산, 공자의 사상을 내 것으로 한다는 것, 여기에 한없는 가치의 세계는 전개된다.

2. 논어는 누가 언제 어떻게 만든 책인가?

논어가 누구의 손에 의하여 만들어진 책인가 하는 문제에 대하여 대략 네 가지 설이 있다.

첫째, 정현(鄭玄)의 설
한(漢)나라 사람 정현은,
"논어는 바로 공자의 제자 중궁(仲弓)과 자하(子夏)가 공자의 말씀과 행적 가운데서 뽑아 놓은 것이다."
라고 하였다. 그러나 이 말은 믿을 만한 것이 못된다. 공자의 제자 증자(曾子)는 수제자(首弟子)

가운데서도 가장 나이가 젊은 사람이다. 다시 말하면 공자보다 46세나 아래로 중궁과 자하보다 더 오래 산 사람이다. 그런데 논어에는 증자가 세상을 떠나던 날에 대한 기사가 실려 있다.

둘째, 정자(程子)의 설
송(宋)나라 사람 정자는,

"논어는 공자의 제자 유자(有子)와 증자(曾子)의 문인(門人)의 손에서 이루어진 책이다. 그러므로 공자의 다른 제자들에는 '성(姓)' 아래에 존경의 뜻을 표시하는 '자(子)'자를 붙이지 않았는데, 유자와 증자에게만 붙였기 때문이다."

라고 하였다. 그러나 이 말도 역시 믿을 만한 것이 못 된다. 《단궁(檀弓)》은 자유(子游)의 제자들이 지은 책인데, 자기네 선생인 자유에게는 자호(字號)를 쓰고, 증자에게는 오히려 '자(子)'자를 붙였기 때문이다. 그러므로 성(姓) 아래에 자(子)가 있고 없는 것만 가지고서 판단할 수는 없다.

셋째, 사람들의 설
어떤 사람은,

"논어의 앞부분은 공자의 제자 금장(琴張)의 손에

서 이루어진 것이요, 뒷부분은 원사(原思)의 손
에 이루어진 것이다. 그러므로 이 두 사람에게는
성(姓)을 쓰지 않고 본 이름을 썼다. 이것으로
보아 논어는 다른 사람이 만든 것이 아님이 분명
하다."
라고 하였다. 그러나 이 역시 무리한 설이다. 공
자의 문인들이 논어를 편집할 때 금장과 원사 두
사람이 채취했던 것을 기재(記載)했는지도 모르
기 때문이다.

넷째, 반고(班固)의 설
한(漢)나라 사람 반고가 지은 《한서(漢書)》〈예
문지(藝文志)〉에는 '논어는 공자가 그의 제자와
그 당시 사람들 및 제자들끼리 서로 이야기할 때
거기에 응답하신 말씀을 제자들이 각각 듣고 기
록해 두었던 것이다. 그 뒤 공자가 돌아가신 후
제자들이 모여 서로 의논(議論)하여 편집한 것이
다. 그러므로 논어라 한다.' 하였다.
또 황간(皇侃)도 그의 《논어통(論語通)》에서 '논
어는 공자가 돌아가신 후 70명의 문인이 같이 뽑
아서 기록한 것이다.' 하였다.

위의 네 가지 학설 가운데 반고와 황간의 말이 가장 타당하다. 결론을 말하면 대체로 논어에 기록되어 있는 문구는 자연히 일부분은 공자의 제자들이 손수 기록한 것이요, 논어를 전반적으로 편찬할 때 증정(增訂)한 것은 70명 문인의 손에서 나온 것이다.

이 논어라는 책 이름은 한(漢)나라 초기에 비로소 보이는데, 논어의 편집 연대는 아마 주(周)나라 말기나 진(秦)나라 초기(기원전 246년)일 것이다. 또 논어의 내용을 보면 전국(戰國) 말기 때 사람이 몰래 가필(加筆)한 흔적도 있으니, 이 책의 전부가 70명 문인의 기록만도 아니다.

3. 논어의 종류

논어는 《맹자(孟子)》·《중용(中庸)》·《대학(大學)》과 함께 흔히 사서(四書)라고 한다. 논어는 본래 세 가지 종류가 있었다. 바로 노(魯)나라의 논어와 제(齊)나라의 논어와 또 옛날의 논어가 있었다. ①노나라의 논어는 모두 20편으로, 노나라에서 간행되었다. ②제나라의 논어는 모두 22편으로, 노나라의 논어보다 문왕(問王)과 지도(知道) 두 편이 더 많을 뿐 아니라, 20편 가운데도 장구(章句)가 노나라의 논어보다 더 많다. ③옛날의 논어는 공자의 집 벽에서 나왔다고 하는데, 문왕과 지도 두 편은 없고, 요왈편(堯曰篇) 아래 장과 자장문편(子張問篇)을 한 편으로 만들어 두 가지의 자장편이 있다. 모두 21편으로, 편집 순서도 제나라 논어와 노나라의 논어와 같지 않고, 또 글이 다른 것도 4백여 자나 된다.

그 후 서한(西漢) 말기에 장우(張禹)가 처음에는 노나라의 논어를 학생들에게 가르쳤는데, 만년에는 제나라의 논어를 가르치다가 마침내는 문왕, 지도 두 편을 빼고 노나라의 논어와 같이 20편으로 개정하였다. 그 후 이 책을 장우의 논어라 하였다. 지금 세상에서 간행되는 논어는 거의가 장우의 교정본이다. 그러므로 지금의 논어는 그 내용이 모두 공자의 문인들이 처음 편집한 진본(眞本)이라 말하기 어렵다.

4. 논어는 어떤 책인가?

논어의 내용을 살펴보면 대략 아홉 가지로 나눌 수 있다.

첫째, 개인의 인격 수양에 관한 교훈이다.

둘째, 사회 윤리도덕에 관한 교훈이다.

셋째, 정치에 관한 말이다.

넷째, 철학사상에 관한 말이다.

다섯째, 공자가 그의 제자와 옛날 사람 및 그 당시의 사람들에 대한 비평이다.

여섯째, 공자의 출퇴(出退)와 그의 일상생활에 관한 것이다.

일곱째, 공자가 자기 자신에 대하여 한 말이다.

여덟째, 공자의 제자들이 말한 공자에 대한 비평이다.

아홉째, 공자의 제자들의 언론과 행사에 관한 말이다.

이 아홉 가지 가운데 첫째와 둘째 항목에 관한 것이 책 전체의 약 절반을 차지하고, 나머지 항목이 절반을 차지한다.

논어의 가치를 말하면 논어는 공자의 위대한 인격

을 나타낸 위대한 책이다. 그러므로 논어를 읽지 않고는 공자의 정신을 찾아볼 데가 없다. 공자의 인격의 위대한 점과 그 사상과 행적이 2천 5백여 년이 지난 오늘에 이르기까지 인류에게 영향을 주는 것으로 보아, 그의 언행록인 논어의 가치도 자연 높이 평가하지 않을 수 없다.

5. 논어는 어떻게 읽어야 할까?

만일 우리가 논어의 내용이 가치가 있다고 하면, 이 논어를 어떤 방법으로 잘 읽을 수 있을까? 물론 논어의 원서는 한자로 쓰여 있으므로 논어를 읽으려면 한문을 이해해야 함은 더 말할 것도 없다. 그러나 이 논어가 만일 초등학생이라도 보고 읽을 수 있도록 알기 쉽게 번역되었다면 구태여 한자와 한문을 배우지 않아도 논어를 통하여 공자를 연구할 수 있다.

이것은 마치 우리가 라틴어를 모르더라도 한글로 된 《성서(聖書)》를 통하여 예수를 연구할 수 있는 것과 같다. 역자는 한글 논어로 책을 엮으면서 다음 몇 가지를 설명하려 한다.

첫째, 논어의 가치는 공자의 인격을 표현한 데 있으므로, 논어를 읽는다는 것은 그 주요 목적이 공자를 연구하는 데 있음은 더 말할 것도 없다. 한 사람의 위대한 인물을 연구하는 데는 먼저 그 일생의 행적에 주의해야 하고, 다음은 그의 성격과 일상생활에 이르기까지 고찰해야 한다. 그래야만 그의 사상과 학설의 큰 줄기를 이해할 수 있다.

둘째, 공자의 사람됨을 잘 알려면 공자의 시대 배경을 알아야 한다. 공자가 활동한 당시의 정치와 사회 상황 및 학술계의 경향, 사대부(士大夫)의 생활, 또는 공자가 교제한 인물, 공자가 지나간 지역에 이르기까지 모두 살펴야 한다.

셋째, 한 위대한 인격자의 고상한 학풍의 영향은 그 자신에게만 머물러 있지 않다. 공자의 사상과 학풍에 대하여 오늘날에도 연구하는 사람이 적지 않다. 그러므로 종래의 학자들이 주석한 논어도 일일이 읽어 보아야 한다.

넷째, 공자는 2천 5백 년 이전의 인물로, 공자의 학설 사상도 2천 5백 년 전의 것이므로 논어를 읽을 때 시대적 차이가 있음을 알아야 한다. 그러므로 우리는 여기서 취사선택(取捨選擇)하여 오

늘에 이르러서도 새로운 진리를 다시 발견하여야
한다.

6. 논어를 통하여 본 공자의 생애와 사적(事蹟)

6-1. 가정환경

공자는 기원전 551년에 주(周)나라의 작은 제후
국(諸侯國)인 노(魯)나라(지금의 산동성山東省) 창평
향(昌平鄉) 추읍(陬邑)에서 탄생하였다. 공자의 선
조는 본래 송(宋)나라의 대부(大夫) 벼슬을 한 사
람으로, 증조부 방숙(方叔) 때 망명하여 노나라로
이주하였다.

공자의 부친 숙량흘(叔梁紇)과 모친 안징재(顏徵
在)의 관계는 안징재가 공씨가(孔氏家)로 시집을
갔으나, 남편이 나이가 많고 용맹이 있음을 무서워
하여 이구산(尼丘山)에 가서 신령께 기도하여 공
자를 낳았다는 전설도 있고, 숙량흘이 안씨(顏氏)
의 딸과 야합(野合)하여 공자를 낳았다는 말도 있
다. 또 일설에 공씨 집은 지주 계급이요, 안씨 집
은 소작인 관계에서 약탈적(掠奪的) 결혼이란 말
도 있다.

우리는 숙량흘과 안징재가 어떤 관계에서 공자를 낳았는지 그것은 문제 삼지 않고, 다만 공자의 생애와 사적을 통하여 그의 존재가치를 발견하는 데 의의가 있다.

6-2. 공자의 유년 시절

공자는 세 살 때 아버지 숙량흘을 여의었다고 한다. 그리하여 공자는 젊은 어머니 품에서 자랐다. 그는 어려서 놀이할 때도 보통 아이와 달리 제기(祭器)를 진열해 놓고 예모 있는 태도로 제사 놀이를 하였다고 한다.

6-3. 공자의 청소년 시절

소년 시절에는 집이 가난하여 천한 직업에 종사하였고, 청년 시절에는 쌀을 맡아보는 창고지기와, 또 말[馬]을 맡아보는 동산지기[정원사]를 지낸 적도 있었다.

그러나 그는 빈천한 생활환경 속에서도 도학(道學)에 뜻을 두었다. 그렇지만 일정한 선생이 없었다. 전하는 말에 의하면 예(禮)를 노담(老聃)에게 물었고, 음악을 장홍(萇弘)에게서 들었고, 벼슬하는 도리를 담자(郯子)에게 물었고, 거문고를 사양

(師襄)에게 배웠다고 한다.

공자는 이처럼 청년 시절에 독실히 공부하였으므로 차츰 세상 사람들에게 알려지게 되었다. 그러므로 달항(達巷)의 동네 사람들이,

"위대하도다, 공자여! 널리 배워 지식이 많은데 아직 이름을 내지 못하였다."

라고 하였다. 또 노나라의 임금 정공(定公)이 임종 때 대부들을 불러 놓고,

"예(禮)는 사람에게 있어서 하나의 근본이다. 예를 모르면 출세할 수 없다. 내가 들으니 예에 잘 통하는 사람은 바로 공자니, 그는 성인(聖人)의 후손이다."

하였다. 이것으로 보아 공자는 이때 이미 학문을 좋아하고, 예의를 아는 사람으로 그 당시 왕족과 귀족에게 알려졌다.

공자가 35세 때 노나라에 큰 소란이 일어났다. 노나라 임금 소공(昭公)이 권신(權臣) 계씨(季氏)를 토벌하려다가 실패하여 제(齊)나라로 달아났다. 공자도 제나라로 갔다. 그때 제나라 임금 경공(景公)이 공자에게 정치를 물었다. 공자는,

"임금은 임금다워야 하고, 신하는 신하다워야 하고, 아버지는 아버지다워야 하고, 아들은 아들다

위야 합니다."

라고 하였다. 공자는 제나라에서 뜻을 얻지 못하고, 다시 노나라로 돌아왔다.

6-4. 공자의 중년 시절

공자는 노나라 소공이 죽고 정공(定公)이 임금이 되자, 지금의 법무장관에 해당하는 사구(司寇) 벼슬을 하게 되었다. 이해 여름에 정공이 제나라 임금과 함께 협곡(夾谷)에서 회담이 있었다. 처음으로 노나라와 제나라 사이에 있는 일이었다.

제나라의 신하 이미(犂彌)가 제나라 임금에게,

"공자는 예의만 알고 용기가 없는 사람이니, 만일 내이(萊夷 : 제나라의 속국) 사람들을 시켜 군사를 거느리고 가서 노나라를 위협하면 반드시 임금의 뜻대로 될 것입니다."

라고 하였다. 제나라 임금은 그 말대로 실행하였다. 그러나 공자는 정공에게 한편으로 대항하고, 한편으로 항의하게 하였다. 이때 공자는 이 회담 자리에서 주장하였다.

"지금 두 나라 임금께서 서로 우호 관계를 맺으려는데, 오랑캐 군사로 노나라를 어지럽게 하는 것은 아마 제나라 임금이 시키는 일은 아닐 것이오. 본래 오랑캐는 중국을 침범할 수 없고, 또 우리 두 나라의 동맹에 간섭할 수 없고, 우호 관계를 협박할 수 없소. 이런 일은 하느님께 대해서도 불상사요, 도덕면에서도 정의를 그르치는 것이요, 사람에 대해서도 실례되는 일입니다."

제나라 임금은 이 말을 듣고 즉시 군사를 철수하였다. 이것은 공자의 외교상 승리로 예의의 정신에 입각한 것이다.

그 후 제나라에서는 공자가 노나라의 정치를 맡은 지 3개월 만에 나라가 잘 다스려짐을 보고 두려워하여 이를 막으려 하였다. 그래서 제나라에서 가장 아름답고 춤 잘 추는 미녀 80명을 뽑아 비단옷을 입히고, 좋은 말에 메운 수레 30대에 실어 노나라로 보냈다. 노나라 임금은 이를 받아서 즐기느라 3일이나 나랏일을 돌보지 않았다.

여기서 공자는 결연히 노나라를 떠나 위(衛)나라로 갔다. 이때는 기원전 497년으로, 공자 나이 55세 때였다. 이때 제자 염유(冉有)가 공자를 수레에 모시고 갔다. 국경을 넘어 위나라 서울에 도착했을 때 공자는 수레 안에서 염유에게 말씀하셨다.

"위나라에는 백성이 꽤 많구려."

염유가 말하였다.

"백성이 많이 사는 나라에서는 어떤 정치를 해야 합니까?"

공자 "백성을 경제적으로 부유하게 해야 하오."

염유 "백성을 부유하게 살게 한 다음에는 또 무슨 정치를 해야 합니까?"

공자 "그때는 교육을 시켜야 하오."

이처럼 백성이 많이 와서 살고, 또 그들을 부유하게 살게 하는 것은 이익 사회를 말하는 것이요, 교육을 시킨다는 것은 문화 사회를 말하는 것이다.

어느 날, 위나라 대부 왕손가(王孫賈)가 공자에게 말하였다.

"속담에 '안방 귀신을 가까이하기보다는 부엌 귀신을 가까이하는 것이 이롭다.'고 하였으니 무슨 뜻입니까?"

공자께서 말씀하셨다.

"그렇지 않소. 하느님께 죄를 지으면 어디를 가도 기도할 데가 없소."

이것은 왕손가가 공자에게 위나라 임금에게 잘 보이려 하는 것보다 권력 있는 자기에게 잘 보이는 것이 도리어 유리하다는 것을 암시한 것이다. 그러나 공자는 임금께 잘 보이려 할 것도 없고, 권력 있는 신하에게 잘 보이려 할 것도 없다, 다만 하느님이 나에게 부여한 사명에 따를 뿐이라고 대답한 것이다.

공자가 위나라에 있은 지도 약 5년이 되었다. 위나라 영공(靈公)이 죽자 공자도 위나라를 떠나게 되었다. 공자의 나이는 59세였다.

어느 날, 위나라 의(儀) 땅의 성주(城主)가 공자에게 면회를 청하며 말하였다.

"현인 군자가 우리나라에 올 때는 내가 어느 분이든지 만나지 않은 일이 없소. 그러므로 내가 한 번 선생님을 만나 뵈려 하오."

성주는 공자의 제자에게 안내를 받아 공자를 만나고 나와서 제자들에게 말하였다.

"지금 여러분이 선생님께서 벼슬을 얻지 못하였다고 걱정할 필요가 없소. 지금 이 세상은 도(道)가 없는 지 오래되었소. 이제 하늘이 장차 여러분의 선생님을 이 세상에서 진리를 전파할 목탁(木鐸)으로 삼을 거요."

공자는 이 일이 있은 후 마침내 위나라를 떠나 진(陳)나라로 갔다. 그때 중간에 있는 송(宋)나라와 정(鄭)나라를 지나게 되었다. 공자가 송나라에 도착하여 나무 아래에서 쉬면서 제자들을 데리고 예의작법(禮儀作法)을 실습하고 있었다.

이때, 송나라의 사마(司馬) 환퇴(桓魋)가 달려와서 나무를 베고, 심지어는 공자까지 죽이려 하였다. 당시의 악한 임금과, 사치와 교만을 좋아하던 귀족 계급은 자기네를 속박하는 옛날 예의를 모두 싫어하여, 옛날 예법을 숭상하는 공자를 좋아하지 않았기 때문이다.

공자는 태연자약한 태도로 환퇴에게,

"하느님께서 나에게 덕(德)을 내려주셨으니, 환퇴 네가 나를 어찌하겠느냐?"

라고 꾸짖었다.

이때 공자의 지식과 수양 정도는 나이 60세가 되어 하늘이 자신에게 주어진 역사적 사명을 깨닫고, 다만 거기에 순종할 뿐이었다. 그리고 사람이 죽고 사는 것까지도 초월한 경지에 도달한 것이다.

6-5. 공자의 만년

공자가 이처럼 중국 북방에서는 뜻을 얻지 못하고, 다시 남방으로 진(陳)나라와 채(蔡)나라로 가게 되었다. 진나라에 있을 때 오(吳)나라와 진나라의 병란(兵亂)에 휩쓸려 약 7일 동안 먹을 양식이 끊어지게 되어 공자를 따르던 제자들이 굶주려 자리에서 일어나지 못하게 되었다.

이때 제자 자로(子路)는 가만히 앉아 태연히 거문고만 타고 있는 공자를 보고 화가 나서 말하였다. "군자도 이처럼 본래 곤궁할 때가 있습니까?"

공자께서 말씀하셨다.

"군자는 본래 곤궁한 것을 잘 참고 이것을 굳게 지키오. 그렇지만 소인은 곤궁하게 되면 도(道)에서 떠나 지나친 방자한 행동을 하오."

이때 공자의 나이는 63세였다.

공자가 채나라에 있을 때 초(楚)나라의 신하 섭공(葉公)이 정치를 물었다. 공자께서 말씀하셨다. "가까이 국내에 있는 백성을 기쁜 마음으로 살게 하고, 멀리 국외에 있는 백성이 와서 살도록 정치를 하십시오."

공자는 남방 진나라와 채나라에서도 역시 뜻을 얻지 못하여, 조국 노나라에 돌아가서 다음 세대의 젊은 후배를 양성할 생각을 가졌다. 그래서 공자께서는 말씀하셨다.

"돌아가리라! 돌아가리라! 우리나라 고향에 있는 젊은이들은 이상은 고원(高遠)하나, 현실을 소홀히 하고, 문장은 훌륭하나 아직 다듬을 줄 모른다."

공자는 진나라에서 노나라로 돌아가는 길에 다시 위나라 서울에 들렀다. 이때 제자 자로가 말하였다.

"위나라 임금이 지금 선생님 오시기를 기다려 정치를 하려 한다면, 선생님께서는 장차 무엇부터 하시겠습니까?"

공자께서 말씀하셨다.

"반드시 명분을 바로잡으려 하오."

자로 "선생님께서는 어째서 그렇게 ①우원(迂遠)한 말씀을 하십니까?"

① 길이 구불구불하게 굽어져 돌아서 멀다

공자 "명분이 서지 않으면 말이 불순하고, 말이 불순하면 나랏일이 제대로 되지 않고, 나랏일이 제대로 되지 않으면 예의와 음악이 흥하지 않고, 예의와 음악이 흥하지 않으면 형벌이 빗나가고, 형벌이 빗나가면 백성이 손발을 둘 데가 없소."

명분을 바르게 한다는 것은 명분과 실지가 서로 일치한다는 말이다. 이것은 공자의 정명(正名)주의다.

공자는 조국인 노나라를 떠난 지 14년 만에 위나라에서 노나라로 돌아왔다. 이때는 기원전 484년으로 공자 나이 68세였다. 이때부터 공자는 정치할 생각을 단념하고, 후배를 양성하는 데만 힘썼다. 그는 만년에 세상을 탄식하여 자기를 아는 이는 오직 하느님뿐이라고 하였다.

공자는 제자 자공(子貢)에게 말씀하셨다.

"나는 하느님을 원망하지 않고, 사람을 탓하지 않으며, ①형이하학(形而下學)에서 ②형이상학(形而上學)으로 올라가니 나를 아는 이는 오직 하느님뿐이다."

> ① 형체가 있는 사물에 관한 학문. 물리학·식물학 등의 자연과학.
> ② 사물의 본질이나 존재의 근본 원리 따위를 사유(思惟)나 직관에 의해 연구하는 학문.

또 수제자 안연(顔淵)에게,

"사람이 나를 써 주면 도를 천하에 행하고, 버리면 도를 자기 몸에 간직할 줄 아는 사람은 오직 자네와 나뿐이다."

라고 말씀하셨다.

공자는 또 도가 중국에서는 행해지지 않을 것을 알고 탄식하여 말씀하셨다.

"도가 행해지지 않으니, 나는 뗏목[筏]을 타고 멀리 바다 밖으로 떠나겠다. 나를 따라올 사람은 아마 자로 한 사람뿐일 것이다."

공자는 기원전 479년 72세(73세 설도 있음)에 세상을 떠났다. 《단궁(檀弓)》 기록에 의하면 공자가 돌아가시기 7일 전에 다음과 같은 일이 있었다고 한다.

하루는 공자가 아침 일찍 일어나 손에 지팡이를 짚고 문 앞에서 산책하면서 노래를 불렀다.

"태산이 장차 무너지리로다! 대들보가 장차 꺾여지리로다! 철인(哲人)이 장차 이 세상에서 꺼지리로다!"

노래가 끝나자 자공이 이 노래를 듣고,

"태산이 무너지면 나는 장차 무엇을 우러러보며, 대들보가 꺾여지면 나는 장차 무엇을 의지하고 살리까?"

하였다. 공자는 이날부터 병들어 누운 지 7일 만에 세상을 떠났다.

7. 논어를 통하여 본 공자의 시대 배경

공자는 중국 주(周)나라의 봉건사회 제도가 장차 무너지려 하는 춘추(春秋)시대 말기에 탄생하였다. 이때 주나라 중앙정부의 세력은 점점 쇠약해지고 지방 제후들의 세력은 날로 강대해 갔다. 초기에는 대략 103여 개의 제후 나라가 있었으나, 그 후 소국은 대국에 병탄되어 12개국만 남았다. 노 (魯)·제(齊)·진(晋)·진(秦)·초(楚)·송(宋)· 위(衛)·진(陳)·채(蔡)·조(曹)·정(鄭)·연(燕) 과 같은 나라들이었다. 그러나 그 후 전국(戰國) 시대에 와서는 이 가운데 진(秦)·초(楚)·연(燕) ·제(齊)·조(趙)·위(魏)·한(韓)의 7개국만 남았 다가 마침내는 진나라에 통일되었다.

공자는 바로 춘추시대가 전국시대로 넘어가는 무렵에 태어났다. 이 과도기에 매일같이 전쟁이 없는 날이 없었다. 한 나라에서는 자기 임금을 죽이는 신하도 있었고, 가정에서는 아버지를 살해하는 아들도 있었고, 백성은 도탄에 빠져 전쟁에 죽는 자가 그 수를 헤아릴 수 없었다. 흉년에는 굶어 죽은 시체가 밭도랑과 산 구렁에 굴러다녔고, 겨우 살아 있는 백성은 가혹한 세금과 정치적 압박에 신음하고 있었다.

이러한 현상을 목격한 공자는 정치에서는 중앙의 천자를 높이고 변방에 있는 오랑캐를 물리칠 것과, 명분을 바로잡을 것과, 덕(德)으로 정치할 것과, 백성을 인애(仁愛)할 것을 주장하였다.

또 가정에서는 부모를 공경하고, 형제 사이에 우

애할 것과, 친척 사이에 친애할 것을 주장하였다. 개인의 수양에서는 잔인한 짐승 같은 성격을 버리고, 인의예지(仁義禮智)의 선량한 성격을 가져 사람다운 사람, 즉 군자가 되기를 주장하였다. 논어는 바로 이 공자가 주장한 말을 기록한 책이다.

8. 논어를 통하여 본 공자의 학설

8-1. 인(仁)의 사상

논어를 읽으면 공자가 제자들과 같이 처세(處世)를 논할 때는 인(仁)을 가장 많이 말하였다. 이 글자의 구성을 보면 두 이(二) 자와 사람 인(人) 자로 되어 있다. 그러므로 이 인은 두 사람 이상의 관계에서 발생하는 것이다.

내적으로 말하면 사람과 사람 사이에서 발생하는 동정심을 인심(仁心), 즉 인자한 마음이라 하고, 외적으로 말하면 사람과 사람이 다 같이 마땅히 걸어야 할 큰 길을 인도(仁道)라고 하고, 인심을 가지고서 인도를 행하는 사람을 인인(仁人), 즉 인자한 사람이라 한다. 이 인은 그리스도교에서 말하는 사랑과 공통되는 점이 많다.

8-2. 직(直)의 사상

논어를 읽으면 공자는 앞에서 말한 인심(仁心), 즉 인자한 마음을 논할 때 직(直)을 많이 말하였다. 직 자는 우리말로 '곧을 직'이라 한다. 즉 '곧다'는 뜻이다. 무엇이 곧아야 하냐 하면 사람의 마음, 바로 인자한 마음이 곧아야 한다는 뜻이다. 이 인자한 마음이 우리 마음속에서 우러나올 때 외적인 이해타산(利害打算)에 좌우되어 구부러지지 않고 곧장 나와야 한다는 뜻이다.

어린아이가 물에 빠진 것을 보면 사람이라면 누구나 모두 구해야겠다는 곧은 마음이 생긴다. 그러나 저 아이를 구하려다가 내 값비싼 옷이 망가진다든가, 내 목숨이 위험하게 된다는 생각이 들어 구해 주지 않으면, 그때는 이미 그 사람의 곧은 마음이 굽은 것이다.

또 한 예를 들면 두 청춘 남녀가 서로 마음이 맞아 열렬히 사랑하여 결혼 단계에까지 갔는데, 집안이 안 좋다든가, 재산이 없다든가, 심지어는 궁합이 맞지 않는다는 별의별 조건을 붙여 결혼하지 못하게 된다면 그것은 이미 곧은 마음이 굽은 것이다. 그러므로 인(仁)한 사람이 되려면 먼저 마음이 곧아야 한다.

8-3. 충(忠)과 서(恕)의 사상

논어를 읽으면 충과 서도 많이 말하였다. 충(忠)은 사람의 신실성(信實性)·성실성(誠實性)으로, 아무 속임 없는 충성된 마음을 뜻한다. 서(恕)는 본래 용서한다는 뜻이다. 그러나 남의 잘못을 용서한다는 값싼 뜻이 아니다. 앞에서 말한 자기의 충성된 마음으로 남의 마음을 이해하는 관용(寬容)을 뜻한다.

예를 들면 내 부모와 자녀를 사랑하는 마음을 미루어 남의 부모와 자녀까지 사랑하는 것이다. 골목에서 자기 집 아이가 남의 집 아이에게 아무 까닭 없이 맞고 있을 때 내가 그 아이를 한 대 때리고 싶지만, 저 집 아이의 부모도 내가 내 집 아이를 사랑하는 것과 마찬가지로 자기 아이를 사랑하리라는 마음으로 미루어, 차마 때리지 못하는 것과 같다. 즉 자기 아이가 중하면 남의 아이도 중하다는 말과 같다.

또 내 배가 고프면 남의 배도 고플 것을 알아주는 것이다. 내가 중하면 남도 중하고, 내 집이 중하면 남의 집도 중하고, 내 나라 내 민족이 중하면 남의 나라 남의 민족도 중하다는 것을 이해하고 겸손하게 서로 사랑하여 다 같이 잘 살 도리를 생각하는 것이 바로 논어에서 공자가 말하는 서(恕)의 뜻이다. 사람에게 이 두 가지 마음을 늘 지니고 있으면, 서로 싸우지 않고 사이좋게 잘 살아갈 수 있다. 그러나 충과 서를 따로 말한 때도 많다.

8-4. 충신(忠信)의 사상

논어에는 또 충신이라는 말을 많이 볼 수 있다. 충신은 앞에서 말한 충성된 마음과 믿음이 있는 마음의 두 가지 뜻이 있다. 우리가 학문을 하든지, 친구를 사귀든지, 외국에 가든지, 정치를 하든지, 모두 이 두 가지 마음으로 밑바탕 삼아야 한다는 것이다. 그러므로 공자께서 말씀하셨다.

"열 집쯤 되는 작은 마을에도 반드시 나만큼 충성스럽고 신실한 사람이 있겠으나, 나만큼 학문을 좋아하는 사람은 없다."

이 말은 충성스럽고 신실한 마음은 사람의 고유한 아름다운 바탕이라는 뜻이다. 공자께서는 또,

"충성스럽고 신실한 마음을 주로 하되, 나만 못한 사람과 벗하지 말라."

고도 말씀하셨다. 이것은 친구를 사귀는 데는 충성스럽고 신실해야 한다는 뜻이다. 공자께서는 또,

"말이 충성스럽고, 신실하고, 또 행실이 독실하고 공경스러우면, 비록 오랑캐 나라에 가서 살지라도 행세할 수 있다."

라고 말씀하셨다. 충성스럽고 신실한 마음은 야만인이나 문화인이나 모두 지니고 있다는 뜻이다.

공자의 제자 자공이 공자께 물었다.

"정치는 어떻게 해야 합니까?"

공자께서 말씀하셨다.

"군량이 넉넉해야 하고, 군비가 충실해야 하고, 또 백성이 정부를 믿어야 하오."

자공 "어쩔 수 없어서 이 세 가지 가운데 한 가지를 버려야 한다면 어느 것을 먼저 버려야 합니까?"

공자 "군비를 충실히 할 것을 버려야 하오."

자공 "그다음 또 어쩔 수 없어서 한 가지를 버려야 한다면 어느 것을 버려야 합니까?"

공자 "군량을 버려야 하오. 옛날부터 사람은 반드시 한 번 죽지만, 백성이 정부를 믿지 않으면 나라가 서 있을 수 없소."

이것은 정부와 백성 사이에 무엇보다도 신망(信望)이 있어야 한다는 뜻이다.

8-5. 예(禮)의 사상

앞에서 말한 인(仁) · 직(直) · 충(忠) · 서(恕) · 신(信)과 같은 것은 모두 사람의 순수감정이다. 이 복잡한 감정작용이 눈에 보이지 않는 마음속에 머물러 있지 않고 귀로 들을 수 있고, 눈으로 볼 수 있게 밖으로 언어와 행동으로 나타나는 것을 예라 한다.

예를 들면 윗사람이 부를 때 공경스러운 마음으로 '예' 하고 대답하는 것도 하나의 예다. 나도 배가 고프지만 내 곁에 같이 배가 고픈 사람에게 밥을 반 덜어 주는 것도 하나의 예다. 윗사람이나 아랫사람에게 속임 없이 말이나 행동하는 것도 하나의 예다. 사람이나 일에 대하여 충성을 다하는 것도 하나의 예다. 내가 하고 싶은 것을 남에게 시키고, 내가 하고 싶지 않은 것을 남에게 시키지 않는 것도 하나의 예다. 나에게 진심으로 대하는 사람을 의심하지 않고 믿는 것도 하나의 예다. 남과 약속한 것을 어기지 않고 지키는 것도 하나의 예다. 그러므로 공자께서는,

"사람은 예가 아니면 행세할 수 없다."

라고 말씀하셨고,

"예가 아니면 말하지도 말고, 보지도 말고, 듣지
도 말고, 움직이지도 말라."
라고 말씀하셨다.

8-6. 도(道)의 사상

또 논어를 읽으면 도(道)가 꽤 많이 나온다. 공자
는 철학적인 뜻으로 도를 말하지 않았다. 논어에
서 공자가 제자들에게 말한 도를 보면 대부분이
도덕에 관한 것이다. 다시 말하면 사람이 마땅히
걸어가야 할 길, 바로 도덕법칙을 말한 것이다.
그러므로 공자의 도는 바로 앞에서 말한 인(仁)의
법칙, 즉 인도(仁道)이다. 그러므로 공자께서는,
"사람이 나가고 들어올 때 누가 문을 통하지 않겠
는가? 사람들은 살아가는 데 있어 어째서 이 도
를 따르려 하지 않는가?"
라고 말씀하셨다. 여기서 말한 도는 바로 도덕적
인 것이다. 공자께서는 또,
"아침에 도를 들으면 저녁에 죽어도 좋다."
라고 말씀하셨다. 이것은 철학적인 도가 아니요,
사람이 이 세상에서 사람으로서 마땅히 걸어가야
할 길을 듣고 알면, 죽어도 한이 없다는 뜻이다.

8 - 7. 천(天)의 사상

중국 역사를 보면 은(殷)나라 이전은 다신론(多神論) 시대요, 은나라는 일신론(一神論) 시대임을 알 수 있다. 공자는 그 조상이 은나라의 후대(後代)인 송(宋)나라 사람이므로 역시 일신론적인 천(天)을 신앙하였다. 논어를 통하여 공자가 말한 천(天)을 보면 오직 하나인 주재적(主宰的)인 것을 알 수 있다. 그러므로 논어에서 공자가 말한 천은 우리말로 그저 '하늘'이라 읽지 말고 반드시 '하느님'이라고 읽어야 한다.

예를 들면 왕손가(王孫賈)의,

"속담에 '안방 귀신을 가까이하기보다는 부엌 귀신을 가까이하는 것이 이롭다.'고 하였으니 무슨 뜻입니까?"

라는 물음에 공자께서는 말씀하셨다.

"그렇지 않소. 하느님〔天〕께 죄를 지으면 어디를 가도 기도할 데가 없소."

또 공자는 자공(子貢)에게,

"나를 아는 이는 천(天)이로다!"

라고 한 천도 '하느님'으로 해석해야 할 것이다. 만일 의지가 없는 하느님이라면 어떻게 공자를 알 수 있겠는가? 그 밖에 공자는 주재적이요, 운명적인 뜻으로 사용한 것도 적지 않다.

8-8. 군자(君子) 사상

논어에는 군자도 많이 나온다. 군자는 지식과 도덕이 있는 사람을 말한다. 학문상으로 말하면 사람으로서 마땅히 걸어가야 할 길을 찾는 사람이요, 도덕적으로 말하면 인격이 원만한 사람이요, 지위로 말하면 치자(治者) 계급에 속하여 몸을 닦고 남을 다스리려는[수기치인修己治人] 사람이다. 유학은 사람을 군자로 만들려는 군자의 학문이다.

9. 맺는말

지금까지 논어에서 공자가 말한 중요한 뜻을 가진 중심 사상을 말하였다. 공자가 주장한 인(仁)의 사상은 아마 부처의 자비심(慈悲心)과, 예수의 사랑과 아울러 이 지구 위에 인류가 존재하는 한 영원히 사라지지 않을 것이다.

이런 의미에서 2천 5백 년 전의 공자의 정신을 기계문명과 자본주의 문화로 인하여 인간의 양심

과 양식(良識)이 마비되어가는 이 세상에 되살려
야 할 것을 독자와 같이 다짐하고 내일을 약속한
다.

Ⅰ. 공자

1. 공자의 사람됨과 말씀

1) 공자의 일생

①공자께서 말씀하셨다.

"나는 열다섯 살에 선왕(先王)의 가르침과 예악
(禮樂)의 학문을 하려고 뜻을 가졌습니다. 서른 살
이 되어서 그 예악에 대하여 뚜렷한 식견(識見)
을 가지고 살았습니다. 마흔 살에는 사리(事理)를
알게 되어 의심하지 않았습니다. 쉰 살에는 하늘
이 나에게 준 사명이 무엇인가를 깨달았습니다. 예
순 살에는 하늘이 준 사명에 순종하였습니다. 일
흔 살에는 마음에 하고 싶은 일을 행하였으나, 언
제나 도덕의 기준에 맞고 도리에 어긋나는 일이
없었습니다."

> ① 이하 이 말은 생략한다. 따라서 누가 말하였다
> 는 특정 인명이 없는 경우 그것은 모두 공자의
> 말씀이다.

2) 옛것을 전할 뿐, 창작하지 않는다

"나는 옛 성인의 도를 전할 뿐, 새로 지어내지 않

습니다. 그 옛 성인의 도를 좋아할 뿐입니다. 그리고 옛날 은(殷)나라의 어진 대부 ①노팽(老彭)이 그런 사람이라고 하는데, 남몰래 나를 그와 비교해 봅니다."

　　　① 즐겨 선왕의 도를 말하였다고 한다.

3) 일관(一貫)된 도(道)

공자께서 ①증자(曾子)에게 말씀하였다.

"삼(參, 증자의 이름)이여, 내 도는 항상 일관된 원리가 있소."

증자가 말하였다.

"예 그렇습니다."

증자의 마음에는 깊이 깨달은 것이 있었다. 공자께서 밖으로 나가시자 한 제자가 증자에게 물었다.

"지금 선생님께서 무엇을 말씀하신 것입니까?"

증자 "선생님의 도는 자기에게 극진히 하는 충실(忠實)과, 자기를 미루어 남을 생각하는 관용(寬容)이라고 말씀하셨을 뿐입니다."

　　　① 이름은 삼(參), 자는 자여(子輿), 노나라 무성(武城) 사람. 공자는 그의 성격이 유순하다고 하였는데, 공자의 도를 전한 제1인자다. 효성이 지극한 사람이었다.

4) 공자의 자신(自信)

공자께서 말씀하셨다.

"성인과 인자를 내가 어찌 감당하겠소? 그렇지만 성(聖)과 인(仁)의 도를 배우기를 싫어하지 않고, 사람을 가르치기를 게을리하지 않는다고는 말할 수 있지요."

공자의 이 말씀을 제자 공서화(公西華)가 듣고 말하였다.

"그것이야말로 우리 제자들은 본받기 어려운 점입니다."

5) 공자의 겸손한 마음

공자께서 말씀하셨다.

"①나는 아직 세 가지 일을 하지 못하고 있소. 첫째는 도를 말없이 마음에 새겨두는 일이요, 둘째는 학문을 배우되 싫증이 나지 않는 일이요, 셋째는 사람을 가르치되 게으름 피우지 않는 거요."

　　　　① Ⅰ-7) 참조.

6) 공자의 네 가지 근심

공자께서 말씀하셨다.

"나는 도덕의 수양을 충분히 할 수 없지 않을까? 학문 연구를 훌륭하게 할 수 없지 않을까? 옳은 것을 듣고도 실천에 옮길 수 없지 않을까? 잘못을 알고도 고칠 수 없지 않을까? 이 네 가지를 근심합니다."

7) 공자의 사람됨

초나라의 지방 장관이었던 섭공(葉公)이 ①자로(子路)에게 공자의 인품을 물었다. 자로는 공자의 높은 덕을 어떻게 말해야 할지 알 수 없었다. 공자께서 자로에게 말씀하셨다.

"왜 이렇게 말하지 않았소! 그 사람됨이 학문에 열중하여 밥 먹을 것도 잊어버리고, 도를 즐겨 근심을 잊어버리고, 장차 늙어 죽을 날이 올 것도 모르는 인물이라고."

> ① 성은 중(仲), 이름은 유(由). 공자의 제자 가운데 가장 용기가 있었고, 정직하여 공자의 사랑을 받았다. 그러나 속단하는 버릇이 있었다.

8) 공손(恭遜) · 경건(敬虔) · 충실(忠實)

번지(樊遲)가 공자께 물었다.

"인(仁)이란 어떤 것입니까?"

공자께서 말씀하셨다.

"집에서 한가로이 있을 때도 몸을 공손하게 가질 것을 잊지 말아야 하오. 일할 때는 온 마음을 기울여 경건하게 해야 하오. 사람과 사귈 때는 충실을 다해야 하오. 이 공손, 경건, 충실 세 가지를 어느 때, 어디서나, 누구에게도 잃지 않는 것이 인이며, 가령 미개한 오랑캐 나라에 가더라도 이 세 가지를 버릴 수 없소."

9) 또 무엇을 할까?

"조정에 나아가서는 임금과 장관을 존경하여 섬기며, 집안에 들어와서는 부형을 공경하여 잘 섬기고, 상사(喪事)를 당하면 장례를 극진히 다해야 하며, ①술을 마셔도 절도를 지키고 고통을 받지 않아야 합니다. 이 밖에 무엇이 내게 있겠소."

① Ⅰ-18) 참조.

10) ①안연(顏淵)이 본 공자의 인격

안연이 공자의 덕을 찬양하며 탄복하여 말하였다. "아아, 우리 선생님의 인격은 우러러볼수록 더욱 높아가고, 뚫을수록 더욱 굳어집니다. 그 모습은 앞에 계시다가 어느덧 뒤에 계신 듯 자유자재하십니다.

선생님께서는 질서 있게 사람을 잘 지도해 주십니다. 우리의 지식을 학문으로 넓히시고, 우리 행동을 예로 도에서 벗어나지 않도록 해주십니다. 이렇게 잘 가르치시니 학문을 그만두고 싶으나 도저히 그만둘 수 없고, 자기도 모르는 사이에 있는 재능을 다하게 됩니다. 또 초연히 서 있는 것 같습니다. 가까워진 듯하다가 더 멀고 높게 보여서 따라가고자 하지만 도저히 미칠 수가 없습니다."

> ① 성은 안(顔), 이름은 회(回), 자는 자연(子淵). 노나라 사람으로 공자의 가장 뛰어난 제자. 공자보다 서른 살 아래였으나, 41세에 공자보다 먼저 죽었다. 총명하고 덕행이 뛰어났다. 그의 착한 말이나 아름다운 행실은 논어에 자주 나온다. I - 56), I-59), I-60), I-61), I-69), II-106), II-114) 참조.

11) 가르침의 한계

공자는 사람의 지식으로 알 수 없고, 사람의 힘으로 할 수 없는 괴상한 일이나, 초인적인 위력이나, 사람의 마음을 어지럽게 하는 ①이적(異蹟)이나, 불가사의의 신에 대해서는 언급하지 않으셨다.

> ① 이상스러운 행적.

12) 공자는 전문적 기술자가 아니시다

달항(達巷)에 사는 시골 사람이 공자의 덕을 찬양하였다.

"위대하십니다! 공자님이야말로 널리 배워 모르는 것이 없으시니, 무엇을 전문적으로 한 가지 재간만 잘하신다고 이름할 수 없습니다."

공자께서 이 말을 듣고 제자들에게 말씀하셨다.

"그러면 내가 무엇을 하나 전문으로 해 볼까? 육예(六藝) 중 예(禮)와 악(樂)은 힘들고, 서(書)와 수(數)는 까다로우니 수레 모는 재주[御]를 해 볼까? 아니면 활 쏘는 재주[射]를 해 볼까? 나는 수레 모는 재주를 전문으로 해야겠네."

13) 성인(聖人)은 스승이 없다

위(衛)나라의 대부 공손조(公孫朝)가 ①자공(子貢)에게 물었다.

"당신네 선생은 누구에게 배우셨소?"

자공이 말하였다.

"옛날 주나라 문왕(文王)과 무왕(武王)의 도가 아직 완전히 없어지지 않았고, 그것을 아는 사람들이 있습니다. 문왕과 무왕의 도는 예악(禮樂)의 도

로 천하 어디에나 있습니다. 그러므로 공자 같은
선생님께서는 어디에 가셔서나 배우셨습니다. 그
러므로 어디서 누구에게 배웠다는 일정한 스승이
있을 수 없습니다."

① 성은 단목(端木), 이름은 사(賜), 자공은 자이
다. 위나라 사람. 재아와 함께 언변이 뛰어나고,
총명과 재치가 있었다. 외교·재정에도 뛰어나고
많은 재산을 모았다고 한다. 논어에는 자공의 말
이 많이 나온다. Ⅰ-33), Ⅱ-164), Ⅱ-253), Ⅱ-
375) 참조.

14) 공자의 말씀에는 인간의 본성과 하늘의 이치에 대한 말이 적다

자공이 말하였다.
"선생님의 말씀과 행위는 날마다 듣고 볼 수 있는
데, ①인성론(人性論)이나 천도론(天道論)에 대한 말
씀은 들을 수 없습니다."

① 논어에는 인성에 대하여 말한 곳이 한 곳 나온
다. 이 인성론과 천도론은 중용(中庸)과 맹자(孟
子)에는 자주 나온다. Ⅱ-133), Ⅱ-143) 참조.

15) 사람은 태어나면서부터 정직하다

"①사람의 천성(天性)은 태어날 때부터 정직한 것
이오. 그러나 정직하지 않고도 산다는 것은 불행

중 다행한 일입니다."

① 이 말은 맹자의 성선설(性善說)로 발전한다.

16) 인물 본위의 인간관

공자께서 공야장(公冶長)을 평하여,

"내 사위로 삼을 만하오. 그가 감옥에 갇힌 일이 있었는데 그의 죄가 아니었소."

라고 하시고 딸을 그의 아내로 주셨다.

공자께서 ①남용(南容)을 평하여,

"나라에 도의가 있으면 버림을 받지 않고 등용될 것이며, 나라에 도의가 없을지라도 형벌이나 살육은 면할 수 있겠지."

라고 하시고 형의 딸을 아내로 삼게 하셨다.

① 남궁자용(南宮子容)의 약칭, 공자의 제자. II-157) 참조.

17) 공자는 하늘과 같다

①진자금(陳子禽)이 자공에게 말하였다.

"선생님은 너무 겸손하십니다. 공자 대선생도 선생님보다 그렇게 뛰어나시겠습니까?"

자공이 말하였다.

"군자란 말 한마디로 지자(知者)다, 또는 지자가 아니다 할 수 있습니다. 그래서 군자는 말을 삼가야 합니다. 대선생은 우리가 도저히 미칠 수 없는 훌륭한 분으로, 마치 하늘에 사다리를 놓고서 올라갈 수 없는 것과 같습니다. 만일 우리 선생님께서 나라를 얻으셨다면, 옛말에 '백성의 생활 방도를 세우려면 곧 설 것이요, 백성을 인도하면 곧 따라올 것이요, 백성을 편안하게 하면 곧 먼 곳에서 사모하여 모여들 것이요, 백성을 ②고무(鼓舞)하면 서로 화합하고 즐길 것이며, 그가 살아계실 때는 백성이 존경하고 사모하며, 그가 돌아가시면 부모를 잃은 것처럼 슬퍼한다.'고 하였는데, 이 말은 그대로 공자에게만 들어맞는 말입니다. 그러니 어찌 저희가 선생님께 미칠 수 있겠습니까?"

① 자공의 제자인 듯하다. II-375) 참조.
② 북을 치며 춤을 춘다는 뜻으로, 격려하여 기세를 돋움.

18) 공자의 식사 예법

흰 쌀밥과 가늘게 썬 회를 싫어하지 않으셨다. 쉰 밥이나 맛이 변한 것, 상한 생선, 상한 고기, 색이 변한 것, 냄새가 나쁜 것, 잘 익히지 않은 것, 제때 익지 않은 곡식이나 과실, 네모반듯하게 썰지 않은 고기 같은 것은 잡수시지 않으셨다. 고기나 생선은 간이 맞지 않으면 잡수시지 않으셨다.

고기를 밥보다 많이 들지 않으셨다.

술은 일정한 양이 없지만 정신이 흐릴 정도까지 취하도록 마시지 않으셨다. 거리에서 파는 술과 포육은 드시지 않으셨다. 생강은 그치지 않고 잡수셨다.

종묘에서 얻은 제육(祭肉)은 밤을 묵히지 않고 잡수셨고, 집에서 지낸 제육은 사람들에게 3일 안에 나누어 주셨고, 3일이 지나면 잡수시지 않으셨다. 음식을 잡수시면서 말하지 않으셨고, 잠자리에서 말하지 않으셨다. 비록 나물밥 한 그릇, 나물국 한 그릇이라도 반드시 한 술을 상에 떠 놓고 천지의 신들과 생산한 사람의 은혜에 감사하는 마음으로 정성을 다하셨다.

19) 공자의 모습

공자의 기상은 ①봄바람처럼 따스하면서도 가을바람처럼 싸늘하고, 위엄이 있으면서도 사납지 않으며, 공손하고도 평화스러웠다.

　　　① II-328) 참조.

20) 공자와 제자 사이에는 비밀이 없다

"여러분! 내가 무엇을 숨기고 비밀이라도 가지고

있다고 생각하오? ⓛ나는 모든 것을 말하였고, 숨긴 일은 없소. 무엇을 하든 모두 여러분과 함께한 것이 바로 나요."

> ① 안회(顔回)조차 스승 공자의 자유자재한 행동에 놀랐다. Ⅰ-10) 참조. 그러나 공자는 자아(自我)를 기울여 제자를 지도하였다.

21) 제자의 손에 죽고 싶다

공자가 병이 위독할 때 자로가 선생의 장례를 대부(大夫)의 예로 훌륭하게 지내려고 공자의 제자를 가신(家臣)으로 만들려고 하였다. 공자께서 병이 조금 나으셨을 때 이것을 아시고 말씀하셨다. "오랫동안 유(由, 자로의 이름)는 거짓을 행하였구려. 나는 대부 벼슬을 내놓고 가신이 없는데, 가신이 있는 것처럼 보여 누구를 속일 작정이오. 세상도 속일 수 없는데 하늘을 속이겠소? 할 수 없지요. 더욱이 나는 대부로서 가신의 손에 죽기보다는 차라리 스승으로 여러 제자 손에서 죽고 싶소. 그리고 또 내가 비록 성대한 장례로 묻힐 수 없을지라도, 길바닥에서 죽기야 하겠소."

22) 공자는 세상의 ⓛ목탁(木鐸)이다

위나라 국경에 있는 의(儀) 땅의 한 관리가 공자

께 뵈옵기를 청하여,

"현인 군자가 이 땅에 오셨을 때 저는 언제나 반
드시 만나 뵈었습니다."

라고 하였다. 제자들이 공자를 만나 뵙게 하였다.
그는 공자를 뵙고 물러 나와 말하였다.

"여러분은 왜 선생님께서 잠시 벼슬을 잃었다고 근
심하시오? 천하가 무도(無道)한 지 오래되었소. 하
늘이 장차 선생님을 세상을 깨우치는 목탁으로 삼
으려고 하십니다."

> ① 쇠로 만든 종의 일종. 옛날 주인인 관리가 목
> 탁을 흔들며 정부의 명령을 전하고 백성을 가르
> 쳤다고 한다. 공자는 지방을 돌아다니며, 문교(文
> 敎)를 말하고 교화를 펴는 사명을 다한다 하여 이
> 렇게 말하였다.

23) 등용해 줄 사람을 기다린다

자공이 공자께 물었다.

"선생님, 여기 아름다운 옥(玉)이 있습니다. 함 속
에 싸서 간직해 둘까요? 아니면 ①좋은 값을 받고
팔까요?"

공자께서 말씀하셨다.

"팔아야지요. 나는 좋은 값으로 사러 오는 사람을
기다리고 있을 뿐이오."

① 자공의 말은 아름다운 옥으로 공자를 비유하고, 상인은 밝은 임금으로 비유하여 공자께 벼슬하기를 권하였던 것이다. 공자는 그 대답으로 등용할 임금이 있다면 나아가 섬길 뜻을 적극적으로 표현하였다. Ⅱ-188) 참조.

24) 공자와 제자들의 이상(理想)

안회와 자로가 공자를 모시고 있었다. 공자께서 말씀하셨다.

"어떨까, 저마다 포부를 말해 보지 않겠소?"

자로가 말하였다.

"저는 수레나 말이나 좋은 옷이나 털가죽 옷을 친구들과 함께 나누어 쓰고도 섭섭해하지 않는 사람이 되었으면 합니다."

안회가 말하였다.

"자기의 잘한 일을 자랑하지 않고, 자기의 공로를 자화자찬하지 않는 사람이 되려고 합니다."

자로가 또 말하였다.

"선생님의 포부를 듣고 싶습니다."

공자께서 말씀하셨다.

"노인들이 편안히 살고, 벗들이 서로 신의로 사귀고, 젊은이들이 서로 사랑하는 사회를 세우고 싶소."

25) 불의(不義)의 부귀는 뜬구름과 같다

"나물밥을 먹고, 물을 마시며, 팔 굽혀 베개 삼아 누울지라도 도에 뜻을 두는 즐거움이 이 가운데 있으니, 부정과 불의로 얻은 부귀영화 등은 내게 저 하늘의 뜬구름과 같습니다."

26) 은자(隱者)와 자신을 평하다

옛날에 몸을 깨끗하게 지키고 숨어 산 유명한 일곱 사람이 있었다. ①백이(伯夷), 숙제(叔齊), 우중(虞仲), 이일(夷逸), 주장(朱張), 유하혜(柳下惠), 소련(小連)이었다. 그들에 대하여 공자께서 말씀하셨다.

"그 뜻을 굽히지 않고, 그 몸을 깨끗이 보존하여 욕을 받지 않은 이는 백이와 숙제다."

유하혜와 소련을 평하셨다.

"이 사람들은 뜻을 낮추어 모욕도 감수하였는데, 말은 윤리에 맞고 행실은 법도에 맞았소. 그것은 두 사람의 좋은 점이오."

다음 우중과 이일을 평하셨다.

"이 두 사람은 숨어 살며, 하고 싶은 말을 하였으며, 처신은 깨끗하여 때묻지 않았고, 스스로 세상의 버림을 받았으나 도리에 맞았소."

그리고 공자께서 자신을 설명하셨다.

"나는 초월해 사는 그들과 달리 가(可)함도 없고, 불가(不可)함도 없고, 오직 때에 맞추어 가는 평범한 사람이오."

> ① 백이·숙제는 고죽군(孤竹君)의 두 아들이었는데, 서로 사양하여 나라를 이어받지 않았다. 주나라 무왕이 은나라 주왕을 쳤을 때 주왕이 포악하기는 하나 역시 임금이며, 신하가 임금을 죽이는 것은 의롭지 못하다 하여, 주나라 곡식 먹기를 부끄러워하고 수양산에 들어가 고사리를 캐어 먹다가 굶어 죽었다. II-25), II-225) 참조.

27) 삼가신 세 가지 일

공자께서는 세 가지 일을 삼가셨다. 제사 드리기 전에 정성을 다하는 ①재계(齋戒)와, 국가의 존망이 달린 전쟁과, 죽고 사는 것이 달린 질병이었다.

> ① 종교 의식 등을 치르기 위하여 몸과 마음을 깨끗이 하고 부정(不淨)한 일을 멀리함.

28) 세상을 버리기는 힘들다

공자가 위나라에서 ①경(磬)을 치며 즐기고 있었다. 마침 삼태기를 어깨에 둘러멘 한 농부가 공자

가 머무는 집 문 앞을 지나가다가 그 소리를 듣고,

"세상을 구할 뜻이 있는 사람이 치는구나!"

하고 계속 듣고 있다가,

"융통성이 없구나! 세상에 애착심이 있는 사람이 치는 소리다. 세상이 자기를 알아주지 않으면 스스로 그만두면 되지 않는가? ②시(詩)에 '물이 깊으면 옷을 벗고, 얕으면 옷을 걷고 건너가라.' 하였듯이 정세를 따라 적응할 수 있는 융통성을 가져야지."

라고 말하고 가버렸다. 제자가 이 말을 전하자 공자께서 말씀하셨다.

"뜻깊은 좋은 말이오. 하지만 세상을 아주 잊기란 어려운 일이구려."

> ① 경쇠. 악기의 일종.
> ② 시경 국풍(國風) 패풍(邶風) 포유고엽(匏有苦葉)의 시구. '심즉려 천즉게(深則厲 淺則揭)'.

29) 성문지기가 공자를 비웃다

어느 날 자로가 노나라의 성 밖으로 나갔다. 돌아오는 길에 밤늦게 성문 밖에서 묵게 되었다. 아침 일찍 문을 지나려 할 때 문지기가 물었다.

"어디 갔다 오시오?"

자로가 말하였다.

"공씨 댁에 갔다 옵니다."

문지기가 비웃으며 말하였다.

"그분은 세상을 도저히 구할 수 없는 줄 알면서도 억지로 해보려고 하는 사람이 아니오?"

30) 공자가 미워한 것

공자의 선배며 은자(隱者)인 ①미생무(微生畝)가 공자에게 말하였다.

"구(丘, 공자의 이름)여! 자네는 왜 세상에 미련을 가지는가? 교묘한 언변으로 임금에게 아첨하여, 등용되기를 바라고 다니는 것 같군."

공자께서 말씀하셨다.

"언변으로 임금에게 아첨하고자 하지 않습니다. 그러나 독선에 빠지거나, 자기만 깨끗한 것처럼 자처하는 고루한 태도를 미워하고 싫어할 뿐입니다."

> ① 성은 미, 생무는 이름일 것이다. 덕이 높은 은자였다.

31) 공자의 한탄

"아, 나는 늙고 쇠약해졌구나! 꿈속에서 늘 사모

한 ①주공(周公)을 보지 못한 지 오래되었구려!"

> ① 주공 단(旦), 주 문왕의 아들, 노나라의 시조.
> 주나라를 세울 때 제도, 의식, 예악을 마련한 어
> 진 사람으로 어린 성왕을 도와 큰 공을 이루었다.
> 공자가 이상으로 삼은 사람이다. II-193), II-
> 379), II-389) 참조.

32) 원대한 뜻을 가진 공자

제나라 경공(景公)이 공자를 채용하면 어떨까 하
고 가까운 신하와 의논하며 그 대우에 대하여 말
하였다.

"노나라에서 가장 높은 대우를 받는 계씨(季氏)와
같이 대우할 수는 없지만, 계씨와 말석 대부인 맹
씨(孟氏)의 중간쯤 대우는 할 수 있소."

그러나 나중에 마음이 변하여,

"나는 늙어서 공자와 같이 원대한 뜻을 가진 사람
을 등용하여 함께 정치할 수가 없소."

하고 공자를 채용하지 않을 뜻을 밝혔다. 공자가
이 말을 듣고, 대우 문제보다 경공과 함께 자기
뜻을 실현할 수 없다는 것을 깨닫고, 제나라를 떠
났다.

33) 위대한 공자의 인격

노나라의 대부 ①숙손무숙(叔孫武叔)이 조정에서 여러 대부에게 말하였다.

"자공이 공자보다 뛰어나오."

자복경백(子服景伯)이 이 말을 자공에게 전하였는데, 자공이 말하였다.

"천만의 말씀입니다. 궁궐의 담장에 비유해 말한다면, 제 담장은 어깨 높이밖에 안 되어 잘 꾸민 방을 엿볼 수 있습니다. 그러나 선생의 담장은 높이가 두 길이나 되어 정문으로 들어가지 않으면, 그 안의 아름다운 종묘와 많은 백관이 모여 있는 훌륭한 광경을 볼 수 없습니다. 그러나 사실은 정문으로 찾아 들어가는 사람은 적으므로, 무숙 선생이 그렇게 말씀하셨는데 역시 무리가 아닐지 모르겠습니다."

　　① 입이 가벼운 사람인 듯하다.

34) 공자를 훼방할 수 없다

숙손무숙이 공자를 훼방하였다. 자공이 말하였다.

"훼방하지 마시오. 어떤 경우나 공자를 훼방할 수 없습니다. 보통 어진 사람이란 조금 높은 산 언덕과 같아서, 넘으려면 넘을 수 있지만, 공자는 해와 달 같아서 넘으려고 해도 넘을 수가 없습니다. 또 사람이 아무리 해와 달을 훼방해 보았자 해와 달의 빛을 해칠 수 있겠습니까? 오히려 자기의 어리석음을 폭로할 뿐입니다. 공자는 훼방할 수 없습니다."

35) 하늘이 나와 같이한다

공자가 광(匡) 땅에서 죽을 뻔한 일을 겪었을 때 침착하게 말씀하셨다.

"성인의 도는 주나라 문왕이 크게 이루었으나 그 문왕은 이미 돌아가셨소. 이 문명의 도를 계승한 내가 여기에 있지 않소? 하늘이 이 문명의 전통을 없애고자 하였다면 문왕이 만든 문명의 도를 배울 수 있었겠소? 만일 하늘이 아직 이 문명의 전통을 없애고자 하지 않는다면 하늘이 나와 같이하니, 저 광 땅 사람들이 나를 어찌하겠소!"

36) 하늘이 낸 나를 누가 해치랴?

"하늘이 덕으로 천하를 구할 사명을 내게 주었으니 ①환퇴(桓魋) 따위가 나를 어떻게 하겠는가?"

　　　① 송(宋)나라의 군부대신. 공자를 죽이려 하였다
　　　고 한다.

37) 하느님만이 나를 안다

공자께서 음탕한 여자인 위영공(衛靈公)의 부인 ①남자(南子)를 만났는데, 자로가 불쾌한 얼굴을 하였다. 공자께서 맹세하여 말씀하셨다.

"나에게 예(禮)에 잘못이 있다면 하느님이 나를 버릴 것이다! 하느님이 나를 버릴 것이다!"

① 품행이 나쁜 여성으로 널리 알려졌다.

38) 아는 것도 물어보는 것이 예다

공자께서 주공의 종묘(宗廟)에 들어가셔서 제사를 돌보실 때, 모든 일을 하나하나 물어보시고 하셨다. 어떤 사람이 말하였다.

"누가 추(陬) 땅 사람의 아들〔공자〕이 예에 밝다고 하였소? 종묘에 들어와서 매사를 물어보고 하는 것을 보니 예를 모르지 않소?"

공자께서 이 험담을 들으시고 말씀하셨다.

"삼가 매사를 물어보고 하는 것이 예요."

39) 공자의 상례(喪禮)

공자께서는 부모상을 당한 사람의 곁에서 식사하실 때는 배불리 잡수신 적이 없었다. 또 조문 가서 곡(哭)을 한 날에는 노래를 부르시지 않으셨다.

40) 수렵(狩獵)의 범위

공자는 물고기를 잡을 때 낚시질은 하였으나, 그물로 한꺼번에 많이 잡지 않으셨다. 새를 사냥할 때, 나는 새는 줄이 달린 화살로 쏘았으나 잠자는 새는 쏘지 않으셨다.

41) 나에게 죽음을 묻지 말라

자로가 귀신 섬기는 도리, 즉 신령(神靈)에게 어떻게 제사하면 좋을지 물었다. 공자께서 말씀하셨다.

"아직 사람도 섬기지 못하면서 어떻게 귀신을 섬길 수 있겠소."

자로가 말하였다.

"그러면 죽음은 어떤 것입니까?"

공자 "아직 산다는 것도 잘 모르면서 어떻게 죽음을 알 수 있겠소."

42) 은자 장저(長沮)와 걸익(桀溺)

은자 장저와 걸익이 함께 밭을 갈고 있었다. 여행하던 공자가 그 앞을 지나다가 동행하던 자로를 시켜 배를 타는 나루를 묻게 하였다. 자로는

고삐를 공자에게 맡기고 두 사람에게 가서 물었
다. 장저가 말하였다.

"저 수레 고삐를 잡고 있는 사람은 누구요?"

자로가 말하였다.

"공구(孔丘)이십니다."

장저 "노나라 사람 공구인가?"

자로 "그렇습니다."

장저 "그러면 나루를 알고 있을 텐데…."

그리고 가르쳐 주지 않았다. 자로는 또 걸익에게
물었다. 걸익이 말하였다.

"그대는 누군가?"

자로 "저는 자로입니다."

걸익 "노나라 공자의 제자인가?"

자로 "그렇습니다."

걸익 "지금 온 천하가 탁류와 같이 어지럽게 소용
돌이치고 있는데, 구할 수가 없소. 그런데 자네
선생은 누구와 같이 난세를 바로잡고 천하를 평
화롭게 할 작정이오? 다 헛된 일이오. 자네도 '이
사람도 나쁘다, 저 사람도 글렀다.' 하고 사람을 피
해 다니는 공자를 따라다니기보다 초연하게 세상
을 피하여 숨어 사는 우리에게 끼는 것이 낫지 않
겠소?"

그리고 뿌리던 씨앗만 묻고, 나루를 가르쳐 줄 생
각은 하지 않았다. 할 수 없이 자로가 공자에게
와서 말하였다. 공자께서 길게 탄식하시고 말씀하
셨다.

"세상을 피하여 새나 짐승과 함께 살 수 있겠소?
사람과 함께 살지 않고 누구와 손잡고 살겠소? 사
람이 사는 사회가 아니겠소? 만일 세상에 도가
있다면 동분서주할 필요가 어디 있겠소?"

43) 잘못을 말해 주는 사람이 있으니 다행한 일이다

진(陳)나라의 ①사패(司敗) 벼슬하는 사람이 공자
에게 물었다.

"노나라의 임금 소공(昭公)은 참으로 예를 아는 분
입니까?"

공자께서 말씀하셨다.

"예를 아십니다."

공자가 물러 나왔다. 나중에 사패가 공자의 제자
무마기(巫馬期)에게 읍하고 나서 공자를 비난하
며 말하였다.

"군자는 자기 편이라고 두둔하지 않는다고 알고 있
는데, 당신 선생님 같은 군자도 자기 편을 드시

오? 노나라 임금은 오(吳)나라 공주를 아내로 삼았는데 같은 성(姓)인 것을 꺼려 오희(吳姬)라고 하지 않고 오맹자(吳孟子)라고 하였소. 그런데 노나라 소공이 예를 안다면 누가 예를 모르겠소?"

무마기가 이 말을 공자께 전하였다. 공자께서 말씀하셨다.

"내게 잘못이 있으면 남들이 곧 그것을 가르쳐 주니, 나는 다행한 사람이오. 정말 고마운 일이오."

① 사법장관.

44) 예술가로서의 공자

공자께서 제(齊)나라에서 순(舜)임금의 ①소악(韶樂)을 배워 익히실 때, 석 달 동안 고기 맛을 모를 정도로 도취하셨다. 그리고 감탄하셨다.

"음악이 이렇게까지 진선진미하게 만들어지리라고는 전혀 생각하지 못하였다."

① Ⅰ-45) 참조

45) 문왕(文王)의 무악(武樂)을 평하다

공자께서 옛날 순임금의 소악(韶樂)을 평하셨다.

"순임금의 소악은 지극히 아름답고, 지극히 좋소."

문왕의 무악에 대해서도 평하셨다.

"지극히 아름답지만 지극히 좋은 경지에까지는 이르지 못하였소."

46) 음악을 바로잡은 공자

"내가 위나라에서 노나라로 돌아온 후, 애를 쓴 보람이 있어서 ①음악이 바로잡혔고, 조정의 무악인 아악(雅樂), 종묘의 무악인 송악(頌樂)이 바른 자리로 정리되었소."

> ① 공자는 기원전 484년, 노나라로 돌아와 죽을 때까지 고향에서 교육에 전념하고, 아악과 송악을 정리하였다.

47) 예악(禮樂)의 본질

"예악에 대한 주나라 초기 선배들의 태도는 소박하고 성실한 야인(野人)과 같았습니다. 예악에 대한 요즈음 후배들의 태도는 교양이 있는 군자다워서 아름다움을 좋아합니다. 내가 만일 예악을 사용한다면 문화적인 아름다움이 아니라, 소박하게 보일지라도 성실한 선배들의 예악을 따르겠습니다."

48) 노래를 재청(再請)한 뒤에는 화답하다

공자께서는 남과 함께 노래를 부르실 때, 그 사람이 잘 부르면 반드시 재창을 시킨 뒤에 화답하셨다.

49) 음악의 원리

공자께서 노나라의 국악원장(國樂院長)에게 음악에 대하여 말씀하셨다.

"①음악의 원리를 알아야 하오. 처음 연주가 시작될 때는 오음(五音)과 육률(六律)의 악기를 합주해야 하고, 다음에 모든 악기가 제 소리를 낼 때는 화음을 이루어야 하고, 그 화음 속에서도 악기가 저마다 지닌 음색은 맑고 깨끗하게 특징을 나타내고, 그러면서도 각각의 음색이 이어지다가 나중에는 악절이 끝나게 되오."

> ① 공자의 음악론이다. 음악의 원리는 처음에 리듬을 맞추고, 조화에 이르고, 그 조화 속에서 악기가 저마다 특색 있는 음률을 내고, 전체 속에 개성이 있고, 개성이 하나가 되어 물 흐르듯 흘러가는 음률 속에 음악이 이루어진다. 공자는 음악을 좋아하였다. 그는 음악을 위한 음악이 아니라, 정치의 필요한 수단으로 보았고, 정치를 위해, 도덕을 위해, 넓게는 인간 완성의 연장으로 음악을 소중히 여긴 것 같다. 또한 이것은 음악으로 사람의 정서를 도야하는 예술교육론이기도 하다.

50) 사랑의 마을을 택하라

공자께서 환경의 중요성을 강조하여 말씀하셨다.
"이웃끼리 서로 사랑하는 마을은 아름다운 곳이오.
이런 사랑의 마을을 택해서 살지 않는다면 어떻게
그를 지혜로운 사람이라 할 수 있겠소."

51) 나쁜 아버지에게서도 좋은 아들이 나올 수 있다

공자께서 제자 ①중궁(仲弓)에게 말씀하셨다.
"얼룩소 새끼라도 털이 붉고 뿔이 맵시 있게 났다
면, 제사의 제물로 쓰고자 하지 않을지라도 산과
강의 귀신이 버릴 리 있겠소? 그대 아버지의 평판
이 나쁘지만, 그대만 훌륭하다면 세상이 버리지
않을 것이오. 너무 아버지 일에 구애받지 마시오."

> ① 중궁의 아버지는 평판이 나빠 중궁이 비관한 것
> 같다. 다른 학설에는 중궁 개인의 문제가 아니라
> 어진 인재를 등용하라는 일반적인 의미로 한 말이
> 라고도 한다.

52) 타락한 사람들

"옛사람에게 세 가지 병폐가 있었고, 또 그것에 따
른 장점도 있었습니다. 그런데 지금은 이 병폐조
차 타락하였습니다. 옛날의 미치광이는 뜻이 높아
큰소리를 쳤지만, 작은 일에 구애되지 않은 장점

이 있었습니다. 지금의 미치광이는 제멋대로 날뛰어 걷잡을 수가 없습니다. 또 옛날의 긍지 있는 사람은 스스로 높여 자존심이 강하여 모났지만, 지금의 긍지 있는 사람은 이 모난 것으로 남과 싸우는 데만 강하고, 화를 잘 내고, 남을 거역하는 잘못에 빠져 있습니다. 옛날에 어리석은 사람은 솔직하고 고지식하였으나, 지금의 어리석은 사람은 자기 이익만 내세워 거짓과 속임수에만 뛰어납니다."

53) 자연은 흐르는 물과 같을까?

어느 날 공자께서 말씀하셨다.

"흘러가고 돌아오지 않음은 이 물과 같을까? 밤낮을 가리지 않고 흐르니 자연은 이처럼 흘러갈까?"

2. 제자들

54) 용기와 의리

공자께서 말씀하셨다.

"도가 행해지지 않는 중국에 있을 마음이 없소. 그래서 배를 타고 해외로 가서 도를 펼까 하는데 아마 나를 따라올 사람은 용감한 유(由)일 거요."

자로는 이 말을 듣고 기뻐하여 뽐냈다. 공자께서 말씀하셨다.

"유는 나보다 용맹하나 의리에 대한 분별이 ①모자라오."

> ① '배를 만들 재료조차 구하지 못하오.'라고 번역하고, 공자가 농담을 섞어 스스로 위로하였다 한다.

55) 제자의 자질(資質)

맹무백(孟武伯)이 공자께 물었다.

"자로를 인자(仁者)라고 할 수 있습니까?"

공자께서 말씀하셨다.

"모르겠소."

맹무백이 다시 물었다.

공자 "자로는 제후의 나라에서 군무(軍務)를 관리할 수 있지만, 그가 인자인지는 모르겠소."

맹무백 "염구(冉求)는 어떻습니까?"

공자 "염구는 천 호(戶)의 인구가 사는 큰 마을의 읍장(邑長)이나 경대부(卿大夫) 집에서 가신(家臣) 노릇은 할 수 있겠지만 그가 인자인지는 모르겠소."

맹무백 "①공서적(公西赤)은 어떻습니까?"

공자 "적(赤)은 예복을 입고 조정에 서서 외국에서 온 손님을 접대하는 외교관은 시킬 수 있지만 그가 인자인지는 모르겠소."

① 공서화(公西華). 자는 자화(子華)이다. II-397) 참조.

56) 자공(子貢)과 안회(顔回)

공자께서 자공에게 물으셨다.

"그대와 안회는 누가 나을 것 같소?"

자공이 말하였다.

"제가 어찌 감히 안회와 비교할 수 있겠습니까? 회(回)는 하나를 들으면 열을 아는데, 저는 하나를 들으면 겨우 둘을 아는 데 지나지 않습니다."

공자 "확실히 그대는 그를 따를 수 없소. 따를 수 없는 것은 그대만이 아니오. 나도 회를 따르지 못하는 점이 있소."

57) 안회의 인(仁)

"회(回)야말로 몇 달이라도 인(仁)에서 어긋나지 않습니다. 그 나머지 사람들은 하루나 한 달쯤 하다가는 그만입니다."

58) 도덕의 한계

공자의 제자 ①백우(伯牛)가 ②나병(癩病)으로 병석에 있었다. 공자가 문병 갔을 때, 그가 부끄러워하므로 창문으로 그의 손을 붙잡고 위로하셨다.
"이럴 수가 없는데, 천명(天命)일까? 이런 훌륭한 사람이 이런 병에 걸리다니! 이런 훌륭한 사람이 이런 병에 걸리다니!" 병석

> ① 덕행이 뛰어난 노나라 사람.
> ② 나병이 아닌 악질 질환이라는 설도 있다.

59) 안빈낙도(安貧樂道)의 생활

"어질다 안회여! 한 그릇의 도시락 밥과 한 그릇의 표주박 물을 마시면서 누추한 마을에서 살면, 남들은 그 시름을 견딜 수가 없소. 그런데 안회

는 가난하나 ①도를 즐기는 생활을 하니 회야말로
참으로 어질다!"

　　　　① I-69), II-266) 참조.

60) 학문의 정열

"가르쳐 주면 그것을 항상 게을리하지 않고 배우
려 정열을 가진 사람은 안회뿐이오!"

61) 안회의 정진(精進)

공자께서 안회에 대하여 말씀하셨다.
"①아까운 일이오. 나는 안회가 앞으로 나아가는 모
습은 보았으나, 그 자리에 머물러 있는 것은 보지
못하였구려."

　　　　① 공자가 가장 아끼고, 후계자로 믿었던 안회는 일
　　　　찍 죽었다. 안회에 대한 애정의 깊이와 탄식을 보
　　　　여준다.

62) 안회의 죽음을 슬퍼하다

"싹이 틀 때는 아름다우나 꽃이 피지 않는 것도 있
구나! 꽃은 피었으나 열매를 맺지 못하는 것도 있
구나."

63) 더욱 적극성을 띠라

공자께서 말씀하셨다.

"묵은 솜을 넣은 해진 두루마기를 입고도, 여우나 담비(족제비의 종류) 가죽으로 만든 좋은 갖옷 입은 사람과 나란히 서서도 부끄럽게 여기지 않을 사람이 있다면 그는 중유(仲由)겠지요. ①시(詩)에 '남을 해치거나 탐내지 않으면 선하지 않으랴?'라고 한 것은 중유를 두고 한 말이오."

자로가 이 말을 듣고 자기를 칭찬해준 뜻과 같은 이 시구를 항상 외웠다. 그러자 공자께서 타이르셨다.

"이 시구의 도리만으로는 소극적이니 좋다고 하기에 모자라오. 이것만으로는 모자라니 더욱 적극성을 띠어야 하오."

　　　　①시경 국풍(國風) 패풍(邶風) 웅치(雄雉)의 시구.
　　　　'불기불구 하용부장(不忮不求 何用不臧).'

64) 뛰어난 제자들

공자께서 말씀하셨다.

"나를 따라 진(陳)·채(蔡) 땅에 함께 가서 환난을 겪은 제자들이 지금 벼슬을 하거나 고향에 돌아가거나 혹은 죽었구나. 모두 문하에 없으니 쓸쓸하구나."

제자들 중 덕행이 뛰어난 제자는 안연, 민자건(閔子騫), 염백우(冉伯牛), 중궁(仲弓)이었고, 언변에 뛰어난 제자는 재아(宰我), 자공이었고, 정사에 통달한 제자는 염유(冉有), 계로(季路)였고, 문학에 뛰어난 제자는 자유(子游), 자하(子夏)였다.

65) 안회의 호학(好學)

①계강자(季康子)가 공자께 물었다.

"제자들 가운데 누가 학문을 좋아합니까?"

공자께서 말씀하셨다.

"안회가 학문을 좋아하였는데, 불행하게도 ②명이 짧아 죽고, 지금은 학문을 좋아하는 사람이 없소."

> ① 계손씨(季孫氏). 노나라 삼환(三桓)의 하나로 권세를 마음대로 휘둘렀다. II-335), II-347), II-354) 참조.
> ② 안회는 공자보다 서른 살 아래였다. 몇 살에 죽었는지에 대하여 이론이 분분하다. I-66), I-67), II-106) 참조.

66) 하늘이 나의 도를 망하게 하였구나!

안연(顔淵)이 죽었다. 공자는 슬퍼 탄식하셨다.

"아아, 하늘이 나의 도를 망하게 하였구나! 하늘이 나의 도를 망하게 하였구나!"

67) 누구를 위하여 통곡하랴?

안연이 죽었다. 공자가 안씨 집에 조상하러 가서 슬픔을 누를 길 없어 매우 애통하게 통곡하셨다. 따라갔던 제자들이 평소의 태연하던 모습과 다른 공자의 태도에 놀라 속삭였다.

"선생님이 통곡하십니다."

이 속삭이는 소리를 들었는지 제정신으로 돌아온 공자는,

"내가 지나치게 통곡을 했는가?"

라며 자기도 모르게 지나치게 통곡한 것을 깨닫고 말씀하셨다.

"아, 안연을 위해 통곡하지 않는다면 누구를 위해 통곡하겠는가?"

68) 제자들의 인품

"고시(高柴)는 어리석을 만큼 정직하고 곧으나, 융통성이 없습니다. 증삼(曾參)은 노둔하다 할까, 둔해서 빨리 알아듣지 못합니다. 전손사(顓孫師, 자장)는 편벽하여 성실성이 모자랍니다. 중유(仲由, 자로)는 조잡하다 할까, ①우악(優渥)한 점이 모자랍니다."

① 은혜가 매우 넓고 두터움.

69) 안회와 자공의 인품

"안회야말로 성인의 도에 거의 가깝도다. ①군색한 살림 가운데도 하늘의 뜻에 맞게 살며, 항상 도를 즐기는구려! 자공은 하늘의 명에 따라 살지 않고 애써서 재산을 잘 늘렸소. 그러나 생각이 도리에 맞으므로 그 재산도 정당한 재산으로 불의한 것은 아니지만, 회(回)와 같이 도를 즐기는 것보다는 못하지요."

① I-59), II-266) 참조.

70) 선생님보다 먼저 죽어서는 안 된다

공자는 ①광(匡) 땅에서 생명을 위협하는 난을 만났다. 그때 안연이 뒤떨어져 행방불명되었으나 마침내 따라왔다. 공자가 기뻐하며 말씀하셨다.

"안연아, 나는 네가 죽은 줄만 알았구나!"

선생님이 무사한 것을 보고 안심한 안연이 말하였다.

"선생님께서 이 세상에 살아계시는데, 제가 어떻게 감히 싸우다가 먼저 죽겠습니까?"

① I-35) 참조.

71) ①자장(子張)의 인격

자유(子游)가 말하였다.

"내 친구 자장이야말로 보통 하기 힘든 것을 다하는 훌륭한 인재이기는 하나, 아직 ②인(仁)에는 미치지 못하였소."

① 공자의 제자. 성은 전손(顓孫), 이름은 사(師),
진나라 사람. 풍채가 좋았으나 내용은 빈 듯 보인
다.
② 타고난 어진 마음씨와 자애(慈愛)의 정을 바탕
으로 하여 자기를 완성하는 덕(德). 유교의 근본
개념임.

Ⅱ. 공자의 중심 사상

1. 효도의 길

1) 효도와 형제애(兄弟愛)는 ①인(仁)의 근본이다

②유자(有子)가 말하였다.

"부모에게 효도하고, 형을 존경할 줄 아는 사람으로 웃어른께 거스르기를 좋아하는 사람은 좀처럼 없습니다. 웃어른께 거스르기를 좋아하지 않는 사람으로 사회질서를 어지럽게 할 사람은 결코 없습니다. 군자는 반드시 근본에 힘씁니다. 무엇에나 근본이 뚜렷하게 선다면 사람으로서 마땅히 걸어가야 할 길이 저절로 열립니다. 그러므로 부모에게 효도하고 형을 존경하는 것은 인의 근본이 됩니다."

> ① 인은 사랑의 덕(德)이다. 공자는 인을 모든 덕의 근본으로 여기고, 인을 자각하고, 인에 사는 것을 학문 수양의 극치라 생각하였다. 인을 '행하는 근본이다.'라는 설도 있다.
>
> ② 성은 유(有), 이름은 약(若), 자는 자유(子游)이다. 공자의 제자.

2) 효자의 자격

"아버지께서 살아계실 때는 그 뜻을 살펴 받들어야 하고, 아버지께서 세상을 떠나신 뒤에는 그의 좋은 행실을 살펴보아야 합니다. 그러나 3년 동안은 아버지의 하시던 방법을 고치지 않아야 효자라고 할 수 있습니다."

3) 효도와 예절

어느 날 노나라의 대부 ①맹의자(孟懿子)가 공자께 효도에 대하여 물었다. 공자께서 말씀하셨다.

"어긋나는 일이 없어야 하오."

그런 일이 있은 뒤에 ②번지(樊遲)가 공자를 수레에 모셨는데, 그때 공자께서 말씀하셨다.

"맹손(孟孫)이 효도에 대하여 묻기에 나는 어긋나는 일이 없어야 한다고 대답하였소."

번지가 말하였다.

"무슨 뜻으로 하신 말씀입니까?"

공자 "부모님이 살아계실 때는 예로 섬기며, 돌아가시면 예로 장사 지내고, 또 예로 제사를 지내야 하오. 이처럼 살아계시거나 돌아가시거나 예로 행하는 것이 효도요. 곧 예에 어긋나는 일이 없어야 한다는 뜻으로 한 말이오."

　　　①당시 가장 세력이 있는 노나라의 세 대부 맹손

씨(孟孫氏)·숙손씨(叔孫氏)·계손씨(季孫氏)의 한 사
람. 그는 세력만 믿고 예에 벗어난 행위를 서슴지
않았다. II-247), II-258) 참조.
② 노나라 사람으로 공자의 제자.

4) 효도와 건강

①맹무백(孟武伯)은 평소에 몸이 약하여 부모에게
걱정을 끼쳤다. 그가 효도에 대하여 묻자, 공자께
서 말씀하셨다.

"부모님은 다만 자신의 자식이 병을 얻을까 근심
하지요. 그러므로 건강을 조심하는 것이 효도요."

　　　① 권세 있는 집안 맹의자(孟懿子)의 맏아들로, 온
　　　순한 성격을 가졌으나 몸이 허약하였다.

5) 효도와 존경

①자유(子游)는 부모를 극진히 봉양하였으나 존경
하는 마음이 모자랐다. 그가 효도에 대하여 묻자
공자께서 말씀하셨다.

"요새 사람들은 효도라고 하면 다만 부모님을 잘
봉양하면 되는 줄 아는 것 같소. 하지만 사람은
개나 말까지도 다 먹여서 키울 줄 알지 않소? 만
일 부모님을 존경하는 마음이 없다면 어찌 짐승
을 기르는 것과 다르지 않겠소?"

①공자의 제자로, 성은 언(言), 이름은 언(偃), 오 (吳)나라 사람. 노나라 무성(武城)의 장관이 되어 예악으로 다스린 이야기는 유명하다. Ⅱ-396) 참 조. 자하(子夏)와 함께 학문에 뛰어났다. Ⅰ-64) 참조.

6) 효도와 부드러운 정서

자하(子夏)가 효도에 대하여 묻자, 자하가 마음은 정직하나 부드러운 정서가 모자람을 아시고 공자 께서 말씀하셨다.

"부모를 섬길 때 좋은 얼굴을 하고 기쁘게 하기란 매우 어렵소. 자식 된 사람으로 부형(父兄)의 고 된 일을 대신해 드리고, 좋은 술과 음식이 있을 때, 먼저 부형의 밥상에 올렸다고 해서, 그것만으 로 어찌 효도한다고 할 수 있겠소?"

7) 부모를 섬기는 태도

"부모를 섬길 때 잘못이 있을지라도 부드럽게 말 려야 하며, 부모가 자기의 좋은 말을 따르지 않 을 뜻이 보이더라도, 더욱 공경하여 그 감정을 거 스르지 마오. 비록 부모가 화를 내어 괴롭게 하더 라도 원망하지 마오."

8) 부모가 살아계실 때는 멀리 떠나지 말라

"부모가 살아계실 때는 될 수 있는 한 ①멀리 떠나지 않아야 하며, 특별한 일이 있어서 멀리 떠나더라도 일정한 곳을 확실히 알려야 합니다."

① 유학(遊學)이란 설이 있다.

9) 부모가 돌아가신 지 3년 동안은 생활양식을 고치지 말라

"①부모상을 입은 3년 동안은 아버지의 생활양식을 고치는 일이 없어야 효도라고 말할 수 있습니다."

① II-2) 참조.

10) 부모의 나이를 알라

"자식은 부모의 나이를 알아야 합니다. 한편으로는 그 나이에 건강하게 사시니 장수를 기뻐하고, 한편으로는 앞날이 멀지 않을까 근심하면서 하루를 아껴 효도를 다해야 합니다."

11) 증자(曾子)의 효행

증자가 병이 위중할 때 제자들을 불러 말하였다.
"이불을 걷고 내 손발을 살펴, 몸에 상처가 있나 없나 보오. ①《시경(詩經)》에 '두려워 삼가며, 깊

은 못을 밟듯, 얇은 얼음을 밟듯 조심하라.' 하였
소. 나는 이렇게 부모님께 받은 몸을 다칠까 조심
해 왔소. 무엇보다 먼저 상처 없이 이 세상을 떠
나게 되니, 이제야 불효를 면하게 되었소. 젊은이
들이여, 나는 이제 걱정할 것이 없소."

> ① 소아(小雅) 소민(小旻)의 시구. '전전긍긍 여림
> 심연 여리박빙(戰戰兢兢 如臨深淵 如履薄氷)'.

12) ①민자건(閔子騫)의 효행

"민자건이야말로 진정 효자요! 그의 부모 형제가
효성이 지극하다고 칭찬하였으나, 아무도 그렇지
않다고 이의(異意)를 말하지 않았소."

> ① 성은 민(閔), 이름은 손(損), 자건은 자이다. 노
> 나라 사람. 말이 적고 온후한 군자로 정의감이 강
> 하였다. II-158), II-388) 참조.

13) 삼년상(三年喪)의 이유

①재아(宰我)가 공자께 물었다.

"부모를 위한 삼년상은 기간이 너무 깁니다. 그 이
유는 군자가 3년이나 예를 익히지 않으면 예가 반
드시 무너질 것입니다. 또 3년이나 음악을 익히
지 않으면 음악의 바른 음조가 보존될 수 없습니
다. 이 같은 여러 가지 불편이 생깁니다. 묵은 곡

식이 떨어지고, 새 곡식이 익는 것도 1년입니다. 불씨를 얻는 데 쓰는 나무도 1년이면 한 바퀴 돕니다. 이렇게 1년에 한 바퀴 도는 것이 하늘의 이치니 부모상을 1년으로 고쳤으면 좋을 듯합니다."

공자께서 말씀하셨다.

"3년 동안 상을 입을 때 죽을 먹고 거친 옷을 입고 근신하는데, 그대는 일년상으로 끝내고서 쌀밥을 먹고 비단옷을 입고도 마음이 편안하다면 그렇게 하시오."

재아 "예, 저는 마음이 편안할 것입니다."

공자 "그렇다면 그렇게 하시오. 군자가 부모상을 당하면 맛있는 음식을 먹어도 맛이 없고, 좋은 음악을 들어도 즐거운 줄 모르고, 좋은 집에서 살아도 편안한 줄 모르는 법이오. 이 자연스러운 인정에 따라 상례(喪禮)를 당하면 맛있는 음식을 먹지 않고 좋은 옷을 입지 않소. 그런데 이제 그대가 마음이 편안하다고 하니 그렇게 하시오."

재아가 면목을 잃고 물러 나갔다. 공자께서 말씀하셨다.

"재아는 몰인정한 사람이오. 자식이 난 지 3년 만에야 부모의 품 안을 떠나지요. 그 ②부모의 은공을 갚기 위해 삼년상을 정하고, 삼년상은 세상에 통하는 상례요. 그런데 재아는 3년이 기니 1년으로 줄이자 하오. 재아는 태어나서 3년 동안 부모의 사랑을 받은 일이 없을까? 참으로 몰인정한 사람이오."

①　II-178) 참조.
②　II-2) 참조.

14) 상사(喪事)는 슬픔이 근본이다

자유가 말하였다.

"상사를 당하면 ①극진히 슬퍼하는 것으로 충분합니다."

①　II-228) 참조.

15) 인간 본연의 정

증자가 말하였다.

"나는 이런 말을 선생님께 들었소. 사람이 애쓰지 않고 저절로 성심을 다하는 사람을 아직 보지 못하였지만, 부모상을 당하였을 때는 그러한 것을 보았다는 말씀을요."

16) ①맹장자(孟莊子)의 효도

증자가 말하였다.

"내가 선생님께 들은 말인데 맹장자가 하는 효도
는 누구나 할 수 있으나, 아버지가 돌아가신 후,
그 옛 신하를 그대로 쓰고, 옛 정사를 그대로 잇
고, 고치지 않는 점은 하기 힘든 일이오."

> ① 노나라 대부. 이름은 속(速), 장자(莊子)는 시호
> 이다.

17) 참된 정직

섭공(葉公)이 공자에게 말하였다.
"우리 동네에 직궁(直弓)이라는 고지식한 사람이
있지요. 자기 아버지가 남의 양을 훔쳤는데, 아들
인 그가 이 사실을 관가에 증인으로 고발하였습니
다."

공자께서 말씀하셨다.
"우리 동네에서 정직한 사람은 그런 것과 다릅니
다. 아버지는 아들을 위하여 그 죄를 숨기고, 아
들도 아버지를 위하여 그 죄를 숨깁니다. 이처럼
어버이와 자식이 서로 죄를 덮어 주는 데에 참된
정직함이 있습니다."

2. 충(忠)의 자세

18) 대우(待遇)보다 일 중심

"임금을 섬기는 데는, 자기가 맡은 일을 신중히 정성을 다하여 힘쓰고, 대우 같은 것은 염두에 둘 필요가 없습니다."

19) 임금을 섬기는 도리

자로가 공자께 임금을 섬기는 도리를 물었다.
"진심으로 임금을 섬기고 조금이라도 속이는 일은 있을 수 없소. 그리고 임금께 잘못이 있다면 솔직하게 간해야 하오."

20) 사랑하는 아들은 종아리를 때려라

"사람이 진정으로 아들을 사랑한다면 아들이 나쁜 짓을 할 때 어찌 종아리를 때리지 않겠습니까? 사람이 진정으로 임금께 충성한다면 임금이 나쁜 일을 할 때 어떻게 말리지 않을 수 있겠습니까?"

21) 예를 다하는 것은 아첨이 아니다

"①내가 예를 다하여 임금을 섬기는 것은 당연한데, 세상 사람들은 오히려 내가 왕의 총애(寵愛)를 받기 위하여 아첨한다고 하니 참으로 통탄할 일이오."

① Ⅱ-232), Ⅱ-246) 참조.

22) 하느님 이외의 신(神)에게 기도하지 말라

왕손가(王孫賈)는 위(衛)나라 임금을 만나러 온 공자에게 힘이 없는 임금보다 권세 있는 자기를 가까이하는 것이 유리하다는 뜻으로 물었다.

"속담에 '방구석 귀신을 가까이하기보다는 차라리 부엌의 귀신을 가까이하는 것이 이롭다.'라고 하였으니 무슨 뜻입니까?"

공자께서 말씀하셨다.

"그렇지 않소. 어떤 신에게도 아첨할 필요가 없소. 하느님께 지은 죄라면 어떤 신에게 빌어도 안 되는 일이오."

23) 은(殷)나라의 세 인자(仁者)

은나라 주왕(紂王)의 ①서형(庶兄) 미자(微子)는 주왕의 폭정을 간하였으나 듣지 않으므로 탄식하며 떠났다. 기자(箕子)와 비간(比干)은 모두 주왕

의 숙부인데, 기자는 주왕에게 강경하게 간하여
간혔다가 종이 되었고, 비간은 왕의 노여움을 사
서 죽임을 당하였다. 이 세 사람은 주왕의 폭정에
대처한 태도는 다르지만 그 뜻은 같았다. 공자께
서 이 세 사람을 평하셨다.

"은나라에 세 인자가 있었소."

       ① 아버지의 첩에게서 난 형.

24) 구국(救國)의 정열

자로가 공자를 모시고 밖에 나갔다가 뒤떨어져서
공자가 간 곳을 알지 못하였다. 지팡이로 대그릇
을 둘러멘 한 노인을 만나 자로가 물었다.

"방금 우리 선생님을 보지 못했습니까?"

노인이 말하였다.

"사지를 놀리지 않고, 오곡도 분간하지 못하는 자
를 어떻게 선생이라고 하겠는가?"

그리고 지팡이를 세워 놓고, 김을 매기 시작하였
다. 자로는 노인이 공자를 알고 있는 것 같아서
존경의 뜻을 보이며, 옆에서 손을 모아 인사하고
대답을 기다리고 서 있었다.

노인은 자로의 태도에 마음이 움직였는지 자로를
데리고 자기 집으로 가서 하룻밤을 지내게 하고,

닭을 잡고, 기장으로 떡을 하여 대접하고, 또 두 아들을 인사시키고 환대하였다.

이튿날 자로는 노인과 작별하고 공자께 가서 여쭈었다. 공자께서 말씀하셨다.

"그는 은사(隱士)요."

자로에게 다시 찾아가 보게 하였으나 이미 노인은 없었다. 자로는 공자의 지시를 받아 노인의 두 아들에게 말하였다.

"사람이 세상에 나아가 벼슬하지 않는다면 군신의 의(義)가 없어집니다. 어제 하룻밤 묵었을 때 어른께서 아드님을 인사시키셨는데 어른과 젊은이의 예절을 소중히 여겼기 때문이겠지요. 이렇게 어른과 젊은이의 예절도 없앨 수 없는데 어떻게 임금과 신하의 의를 없애겠습니까? 난세에 몸을 더럽힐까 두려워 자신의 몸만 깨끗이 하고자 사람이 밟아야 할 군신의 큰 의를 문란케 할 수 없습니다. 군자가 세상에 나아가 벼슬하는 것은 명예나 출세를 위한 것이 아니라, 그 의를 행하기 위한 것입니다. 지금 도가 이루어지지 못할 것은 우리도 압니다만, 그렇다고 나라를 구하겠다는 정열을 잃을 수는 없습니다."

25) 무도(無道)한 왕은 돕지 않는다

염유가 자공에게 물었다.

"선생님께서는 아버지를 거스르고 임금 노릇을 하는 위나라 임금 출공(出公) 첩(輒)을 도우실까요?"

자공이 말하였다.

"그럼 가서 물어보지요."

방에 들어간 자공이 공자께 물었다.

"백이 숙제는 어떤 사람입니까?"

공자께서 말씀하셨다.

"옛날의 어진 사람이오."

자공 "백이 숙제는 서로 나라를 사양하고 나중에는 굶어 죽었습니다만 뉘우치거나 원망하지 않았습니까?"

공자 "인을 구하여 인을 얻었는데, 무엇을 뉘우치고 원망하겠소."

자공이 방에서 나와 염유에게 말하였다.

"선생님께서는 아버지를 거스르고 도에서 벗어난 위나라 임금을 도우시지 않으실 거요."

26) 충성과 청백(淸白)

자장이 물었다.

"초(楚)나라의 ①영윤(令尹) 자문(子文)은 세 번이나 영윤 벼슬을 하였는데, 벼슬할 때마다 기뻐하는 법이 없었고, 세 번이나 면직되었는데 불평하는 빛이 없었습니다. 또 그만둘 때는 자기가 영윤으로 있을 때 한 정사(政事)를 새로 온 영윤에게 자세히 일러주었습니다. 이 사람은 어떤 인물입니까?"

공자께서 말씀하셨다.

"충성스런 사람이오."

자장 "그렇다면 인자(仁者)라고 할 수 있습니까?"

공자 "모르기는 하지만 어떻게 인자라고야 할 수 있겠소?"

자장 "제나라의 대부 최자(崔子)가 자기 아내와 간통한 임금을 죽였을 때, 함께 대부 벼슬을 하던 진문자(陳文子)는 말 40필을 가질 만한 윤택한 살림을 버리고 다른 나라로 떠났습니다. 그런데 그 나라에도 나쁜 신하가 정권을 잡고 있었으므로 그는 '이 나라 신하들도 우리나라 최대부와 같구나!' 하고 또 다른 나라로 떠났는데 그 나라에도 나쁜 신하가 정권을 잡고 있었으므로 그는 '이 나라 신하들도 우리나라 최대부와 같구나!' 하고 떠났습니다. 이런 사람은 어떤 인물입니까?"

공자 "청백한 사람이오."

자장 "인자라고는 할 수 없습니까?"

공자 "모르기는 하지만 임금의 음행(淫行)을 막지 못하였고, 또 임금을 죽인 도적의 무리를 쳐 없애지 못하였으니, 어떻게 인자라고 하겠소?"

> ① 초나라의 벼슬 이름. 정치를 맡은 최고 관직으로 상경(上卿)이라고도 함.

27) ①계자연(季子然)의 어리석은 질문

노나라 대부 계씨(季氏)의 집안 계자연은 공자의 뛰어난 제자인 자로와 염구를 신하로 둔 것이 자랑스러울 뿐 아니라, 그들의 행정으로 자기 집안이 번성하는 것을 자랑하려 공자께 물었다.

"자로와 염구는 대신(大臣)이 될 만한 사람입니까?"

공자는 계씨가 대부 신분인데도 자기 부하를 대신이라고 한 것은 예가 아니고, 또 평소 계씨의 ②외람된 짓을 불쾌하게 여기고 있었으므로 일침을 놓으셨다.

"나는 당신이 좀 더 위대한 인물을 묻는 줄 알았는데, 자로와 염구에 대한 질문입니까? 대신은 도(道)로 임금을 보필하고, 간하였으나 받아들이지 않으면 스스로 물러나는 법인데, 이제 자로와 염구 같은 인물은 그런 것을 하지 못하니 대신은 고사하고 수효만 채우는 신하라고 할 수 있습니다."
그런데 계자연은 그 말뜻을 알지 못하고 물었다.
"그러면 수효만 채우는 신하가 대신이 아니라면, 주인의 명령을 무조건 따를 뿐입니까?"
공자는 외치듯 대답하셨다.
"그들도 도를 배우고 대의명분(大義名分)을 가릴 수가 있으니, 작은 일은 모르지만 아버지나 임금을 죽이는 대역무도(大逆無道)한 명령은 반드시 따르지 않을 것입니다."

> ① 노나라 삼환(三桓)의 일가. 계평자의 아들로 공자의 제자.
> ② II-247), II-248), II-258) 참조.

28) ①거백옥(蘧伯玉)의 사신(使臣)

위나라의 대부 거백옥이 공자에게 사신을 보내 문안하였다. 일을 마치고 공자는 그 사신과 말하다가 물었다.
"요즈음 거선생님께서는 무엇을 하시오?"
사신이 대답하였다.
"요새 저희 대부께서는 자신의 잘못을 적게 하려고 애쓰고 있습니다만 힘드신 것 같습니다."

사신이 떠난 후 공자께서 칭찬하셨다.

"참 좋은 사신이오, 참 좋은 사신이오."

> ① 성은 거(蘧), 이름은 원(瑗), 백옥은 자이다. 훌륭한 인물인 것 같다. II-307) 참조.

29) 공무(公務)가 아니면, 상관의 사택(私宅)을 찾지 말라

자유(子游)가 노나라 무성(武城)의 성주가 되었다. 공자께서 물으셨다.

"부하로서 훌륭한 인재를 얻었소?"

자유가 말하였다.

"네, ①담대멸명(澹臺滅明)이라는 사람이 있습니다. 이 사람은 공명정대하게 일하고, 길을 걸어도 지름길로 다니지 않습니다. 또 공무가 아니면 지금까지 제 사택에 찾아온 일이 없습니다."

> ① 못생긴 것으로 유명하고 공정한 인물이었다. 공자의 제자라고도 한다.

30) 장무중(臧武仲)의 반역(反逆)하려는 마음

"노나라 장무중은 참소로 죄를 얻어 망명하였다가 옛 영지인 방읍(防邑)을 의거(依據)하고, 제사를 받들 후사를 세워 장씨의 후손이 끊어지지 않도록 임금께 요구하였습니다. 남들은 임금께 강요하는

것이 아니라고 하지만, 그때 청을 들어주지 않는
다면 반기(叛旗)를 들 것처럼 보였습니다. 그래서
나는 그 말을 믿을 수 없습니다."

31) 우직(愚直)은 지혜보다 낫다

"위나라 대부 영무자(甯武子)는 나라에 도의(道義)
가 있을 때는 지혜로웠고, 나라에 도의가 없을 때
는 어리석은 듯하였습니다. 자기 나라 제후가 갇
혔을 때 비상수단으로 음식을 공급하고, 독살하
고자 할 때 의원을 매수하여 죽지 않게 하고, 다
시 교섭하여 그를 구해냈습니다. 그의 지혜로운
점은 따를 수 있겠지만, 그의 어리석은 충성은
따를 수가 없습니다."

32) 진문공(晉文公)과 제환공(齊桓公)

"진나라 문공이나 제나라 환공은 모두 춘추시대의
패자(霸者)로 제후의 맹주(盟主)가 되고, 주나라
왕실을 도와 천자를 도운 큰 공이 있는데, 진문
공은 권모술수(權謀術數)를 써서 바른길을 취하지
않았고, 제환공은 바른길을 따르고 권모술수를 쓰
지 않았습니다. 여기에 두 사람의 차이가 있습니
다."

33) ①관중(管仲)의 인(仁)

자로가 공자에게 물었다.

"제나라 환공이 공자 규(糾)를 죽였을 때 규를 섬기던 소홀(召忽)은 의를 지켜 군주의 죽음에 따라 죽었는데, 소홀과 함께 규를 섬기던 관중은 같이 죽지 않았을 뿐 아니라, 군주의 적이던 환공의 신하가 되어 섬겼으니 인을 거스른 것이 아닙니까?"

공자께서 말씀하셨다.

"당시 주나라는 약해지고 제후가 복종하지 않고, 오랑캐가 쳐들어와 중국을 소란하게 할 위험이 있었소. 그때 환공은 제후를 규합하여 맹주가 되어, 주나라의 주권을 존중하고 오랑캐를 쫓아냈는데, 무력을 쓰지 않은 것은 모두 관중이 보좌한 힘이었소. 이렇게 보면 공자 규를 위해 죽지 않은 것은 작은 의리를 거스른 일이기는 하나, 천하를 평정하고 만민을 평안하게 한 공적은 크오. 그것은 소홀의 작은 인보다는 큰 것이오. 소홀의 인이 어찌 관중의 인을 따르겠소? 도저히 따를 수가 없소."

①성은 관(管), 이름은 이오(夷吾), 중(仲)은 자이

다. 기원전 645년에 죽었다고 한다. 제나라 환
공을 도와 패업(霸業)을 이루었다. II-249) 참
조.

34) 관중은 대의(大義)에 살다

자공이 공자에게 물었다.

"관중을 어찌 인자라 하겠습니까? 환공(桓公)이 그
가 섬기던 공자 규를 죽였는데, 자기 임금과 같
이 죽지 않고 도리어 원수인 환공의 재상이 되어
그를 돕지 않았습니까?"

공자께서 말씀하셨다.

"관중은 환공을 도와 제후의 맹주가 되게 하고, 오
랑캐를 물리치고 종주국인 주나라를 높이 받들고,
천하를 바로잡는 큰 공을 세워 백성이 지금까지
그 혜택을 받고 있소. 만일 관중이 없었더라면 중
국은 아마 오랑캐에게 정복되어 머리카락을 등 뒤
에 땋아 내려뜨리고 옷섶을 왼쪽으로 여미는 야
만인의 풍속을 따르게 되었을 것이오. 관중의 이
러한 행동이 보잘것없는 남녀가 작은 신의(信義)
를 지켜 밭고랑에서 목매어 죽었지만 아무도 모
르는 그런 작은 절개와 비교할 수 있겠소?"

3. 벗을 사귀는 도리

35) ①군자와 소인

"군자는 의로 넓게 공평하게 차별 없이 사귑니다. 이와 달리 소인은 이해나 감정에 사로잡혀 편벽되게 사귀며, 넓고 공정하게 사귈 수 없습니다."

　　① Ⅱ-294), Ⅱ-311), Ⅱ-315), Ⅱ-319), Ⅱ-322) 참조.

36) 덕은 반드시 이웃이 있다

"덕은 고립(孤立)되지 않으니 ①반드시 공명하는 벗이 있습니다."

　　① Ⅰ-50) 참조.

37) ①안평중(晏平仲)의 교제

"사람은 처음 사귈 때는 존경하는데, 나중에는 존경하는 마음을 잃고 예의 없이 굴지요. 하지만 안평중은 사람들과 잘 사귀었소. 오래될수록 벗이 존경하였지요."

　　① 제나라의 어진 대부. 성은 안(晏), 이름은 영(嬰), 자는 중(仲), 평중은 시호이다.

38) 얻기 힘든 벗

"함께 학문을 배울 수 있는 사람은 구할 수 있으나, 함께 도덕 방면으로 나아갈 수 있는 사람은 얻기 힘듭니다. 함께 도덕의 길로 나아갈 수 있는 사람을 구할수 있으나, 바른 도 위에 설 수 있는 사람은 더욱 얻기 힘듭니다. 함께 서서 움직이지 않는 사람은 구할 수 있으나, 함께 일을 꾸미고 임기응변의 처리를 함께 할 수 있는 사람은 거의 얻을 수 없습니다."

39) 우정

공자께서는 벗이 죽었는데 유골(遺骨)을 맡을 친척이 없으면,

"내 집에서 염(殮)하겠소."

라고 말씀하셨다. 친구 사이에는 물질로 돕는 것이 예이므로 친구가 보내는 선물이 제사에 쓸 고기라면 받았으나, 수레나 말은 사양하고 받지 않으셨다.

40) 집을 지으려면, 먼저 연장을 갈라

자공이 인을 행하는 법을 공자께 물었다. 공자께

서 말씀하셨다.

"마치 목수가 맡은 일을 잘하고자 할 때, 반드시 먼저 자기가 쓸 연장을 예리하게 갈 듯이, 사람이 인을 행하려면 한 나라에서는 어진 대부를 택하여 섬기고, 인덕(仁德) 있는 선비를 택하여 벗으로 사귀어야 합니다."

41) 유익한 벗과 해로운 벗

"유익한 벗이 세 사람 있고, 해로운 벗도 세 사람 있습니다.

곧은 말을 하고 숨기지 않는 사람을 벗으로 삼는다면, 자기 잘못을 들을 수 있습니다. 진실하고 한결같은 사람을 벗으로 삼는다면, 자신도 그 영향을 받아 성실하게 되고, 학식이 많은 사람을 벗으로 삼는다면 자신의 지식도 넓어집니다. 이것이 유익한 벗 세 사람입니다.

겉치레만 하고 솔직하지 않은 사람을 벗으로 삼으면 자신의 잘못을 들을 수 없습니다. 겉으로 좋은 체하나 성실이 없는 사람을 벗으로 삼으면 자신도 성실을 잃게 됩니다. 말재주만 뛰어나고 실속 없는 사람을 벗으로 삼으면 자신을 향상할 수 없습니다. 이것이 해로운 벗 세 사람입니다."

42) 사람을 거부하지 않는다

자하의 제자들이 자장에게 벗을 사귀는 도리를 물었다. 자장이 되물었다.

"자네들의 선생님 자하는 뭐라고 하셨소?"

자하의 제자가 말하였다.

"①선생님은 사귈 만한 좋은 사람이면 사귀고, 좋지 않은 사람이라면 거절하라 하셨습니다."

자장 "내가 스승 공자께 들은 말과는 다르오. 군자는 물론 어진 이를 존경하고 사귀지만, 뭇 사람을 포용하고, 선한 사람은 칭찬하고, 무능한 사람이라도 불쌍히 여기고 버리지 말라 하셨소. 내가 만일 대현(大賢)이라면 사람으로서 어찌 사람을 받아들이지 않을 수 있겠소? 또 내가 만일 현인이 아니라면 사람이 나를 거부할 것이오. 그러니 어찌 내가 사람을 거부할 수 있겠소? 사람을 버릴 여지는 없소."

① Ⅱ-260) 참조.

43) 군자의 교우론(交友論)

증자가 말하였다.

"군자란 시서(詩書), 예악(禮樂)의 ①학문을 하는

것으로 벗을 모으고, 그 학문에 뜻을 둔 벗과 교제하여 인덕을 기르는 데 서로 돕습니다."

① II-94) 참조.

44) 벗에게 하는 충고

자공이 벗을 사귀는 도리를 공자에게 물었다. 공자께서 말씀하셨다.

"성실한 마음으로 충고하고 잘 이끌어 주는 것이 벗을 사귀는 도리요. 그러나 벗이 듣지 않으면 충고해서는 안 되오. 그러다가는 오히려 의리를 잃고 수치를 당하게 되오."

45) 동지로서의 자격

"지향하는 도가 같지 않은 사람은 서로 의논해서 일을 도모할 수 없습니다."

46) 여자와 소인은 다루기 어렵다

"교양이 없는 여자와 식견이 얕은 소인은 다루기가 어렵습니다. 가까이하고 사랑하면 불손해지고, 그렇다고 멀리하면 원망하고 비뚤어집니다."

4. 수양(修養)

47) ①증자의 세 가지 반성

증자가 말하였다.

"나는 날마다 세 가지 일에 대하여 ②반성합니다. 남을 위하는 일에 충성을 다하였는가? 벗을 사귈 때 진실하였는가? 선생님께 배운 학문을 익히지 않았는가?"

> ① Ⅰ-3), Ⅰ-68), Ⅱ-11), Ⅱ-277) 참조.
> ② 유교의 윤리는 반성의 윤리다. 자기반성으로 나날이 새롭게 해야 한다는 말은 사서(四書)에 자주 나온다.

48) 젊은 학생들의 몸가짐

"젊은 학생들은 집에서는 부모에게 효도하며, 밖에 나가서는 어른을 존경해야 합니다. 그리고 모든 일을 삼가 행동하며, 말은 성실해야 합니다. 또한 차별 없이 대중을 널리 사랑하며, 특히 어진 이를 가까이합니다. 이런 일을 모두 실천하고 남은 힘이 있을 때는 학문을 연구하여도 좋을 것입니다."

49) 행위는 학문에 앞서야 한다

①자하(子夏)가 말하였다.

"미색(美色)을 좋아하는 마음을 현인(賢人)을 좋아하는 마음으로 바꾸고, 부모를 받들고, 몸을 바쳐 임금을 섬기고, 믿음 있는 말로 벗을 사귀는 사람이라면 비록 그가 아직 배우지 못한 사람이라 할지라도 나는 그를 배운 사람이라 하겠습니다."

> ① 공자의 제자. 성은 복(卜), 이름은 상(商). 학문을 좋아하고, 글재주가 있고, 육경(六經, 역경易經·시경詩經·서경書經·춘추春秋·주례周禮·예기禮記)을 후세에 전한 큰 공이 있다.

50) 색(色)을 좋아하듯, 덕을 좋아하라

"나는 아직 색을 좋아하듯, 덕을 좋아하는 사람을 보지 못하였소."

51) 먼저 남을 알아야 한다

"남이 나를 알아주지 않는다고 걱정할 필요가 없습니다. 내가 남을 알아주지 못함을 걱정해야 합니다."

52) 어진 사람의 인격

"남이 나를 속이는가 하고 넘겨짚지도 말고, 남이 나를 믿지 않는가 하고 미리 헤아리지도 말고, 솔직하게 남의 말을 듣고, 남의 뜻을 받들고, 반면에 남이 나를 의심하는 경우, 먼저 알아볼 수 있다면 그는 어진 사람이오."

53) 가난하여도 도를 즐기고, 부자라도 예를 좋아한다

자공이 공자께 물었다.

"가난하여도 그것 때문에 남에게 아첨하거나, 넉넉하여도 교만한 태도가 없다면, 이런 사람은 어떤 인물입니까?"

공자께서 말씀하셨다.

"그런 것도 괜찮지만, ①가난하여도 도를 즐길 줄 알며, 부자가 되어서도 예를 좋아하는 사람보다는 못하오."

자공이 감탄하여 말하였다.

"②《시경》에 '칼로 자른 듯하고, 줄로 가는 듯하고, 옥을 쪼는 듯하고, 숫돌에 간 듯하다.'라는 말은 바로 이것을 두고 한 말입니까?"

공자 "과연 그대야말로 시를 함께 이야기할 만하오. 과거를 말하면 미래를 미루어 아는 사람이구려!"

> ① 세상이 오해하듯, 공자의 도는 결코 까다로운 도학자(道學者)적인 것이 아니다. II-281) 참조.
> ② 위풍(衛風) 기오편(淇奧篇)의 시구. '여절여차 여탁여마(如切如磋 如琢如磨)'. 위나라 무공(武公)의 덕을 노래한 시이다.

54) 수양과 벼슬

①자장(子張)이 공자께 벼슬을 구하기 위해서 어떻게 해야 하는지를 물었다. 공자께서 말씀하셨다. "많이 듣고 많이 보아 의심되는 것은 버리고, 확실한 것을 삼가 행한다면 잘못이 적소. 많이 보아서 위태로운 것을 버리고, 확실한 것을 삼가 말하면 뉘우침이 적소. 말에는 잘못이 적고, 행실에 뉘우침이 적다면 벼슬은 저절로 그 가운데 있소."

> ① I-71), II-197), II-224) 참조.

55) 인(仁)에 뜻을 둔 사람

"사람이 진정으로 인에 뜻을 둔다면 악(惡)이 싹틀 염려가 없습니다."

56) 하루라도 인에 힘쓸 사람이 있을까?

공자께서 잔인한 세태를 개탄하여 말씀하셨다.

"나는 아직 인을 좋아하는 사람과 인하지 않은 것을 미워하는 사람을 보지 못하였소. 인을 좋아하는 사람에게는 그 이상 더 바랄 것이 없고, 인하지 않은 것을 미워하는 사람은 장차 인을 이루겠지요. 인하지 않은 것을 미워하므로 인하지 않은 사람에게 영향을 받지 않기 때문이오. ①단 하루라도 인에 애쓰고자 하는 사람의 힘이 모자라는 것을 나는 아직 보지 못하였소. 아마 세상에는 그런 사람이 있을지 모르겠지만 나는 아직 보지 못하였소."

① 인을 원하면 인에 이를 수 있다는 것이 공자의 사상이다. II-190) 참조.

57) 어진 사람과 어질지 않은 사람 모두에게 배울 것이 있다

"①자기보다 어진 사람을 보고는 나도 그와 같은 사람이 되려 생각하고, 어질지 않은 사람을 보고는 나도 저런 사람이 아닐까 하는 마음으로 반성해야 합니다."

① II-64) 참조.

58) 예로 자신을 제약(制約)하라

"사람은 예로 자신을 제약하면 거의 실패하지 않습니다."

59) 두 번 생각하면 충분하다

노나라의 대부 ①계문자(季文子)는 무엇을 하든지 세 번 생각한 뒤에 실행하였다. 공자께서 그 말을 듣고 말씀하셨다.

"두어 번 생각하면 충분하오. 생각이 지나치면 결단(決斷)을 주저하고, 나쁜 생각이 생기기 쉽기 때문이오."

　　　① 계손씨(季孫氏)의 3대째 인물.

60) 자신을 꾸짖는 마음

"나는 실망하였습니다. 나는 아직 자기 잘못을 알고서 진심으로 자신을 꾸짖는 그런 사람을 보지 못하였습니다."

61) 해보기도 전에 힘이 부족하다 말하지 말라

①염구(冉求)가 공자께 말하였다.

"선생님의 도는 좋기는 합니다만, 제 힘이 모자라 따라갈 수 없습니다."

공자께서 말씀하셨다.

"진정 힘이 모자라는 사람은 하다가 중도에서 그만두게 됩니다. 그런데 지금 그대는 해보지도 않고, 미리 금을 그어 힘의 한계를 정하는구려! 좀 더 용기를 내시오."

> ① 염유(冉有)라고도 한다. 자는 자유(子游). 노나라 사람으로 공자의 제자. 성격은 겸양 온화하였으나 행동은 소극적인 것 같다. 자로와 함께 정치를 잘한 것 같다. Ⅰ-64), Ⅱ-144), Ⅱ-258) 참조.

62) 내가 하고 싶은 것을 먼저 남에게 하게 하라

자공이 공자께 물었다.

"만일 백성에게 널리 혜택을 베풀고, 대중을 고난에서 구제할 수 있으면 인(仁)하다고 할 수 있습니까?"

공자께서 말씀하셨다.

"어찌 인에만 그치겠소? 그야말로 반드시 성인(聖人)일 것이오. 옛날 요순(堯舜)처럼 훌륭한 임금도 그런 일을 하지 못할까 근심하셨소. 그런데 인을 실천하기가 힘들다고 생각하는데, 인자(仁者)는 자기가 나서고 싶을 때 남을 먼저 내세우고, 자기가 잘 되려고 하면 남을 먼저 잘 되게 해주오. 즉 자기가 원하는 것을 먼저 남에게 하게 하는 것이 인에 이르는 방법이오."

63) 공자의 태도

"①나는 나면서부터 도를 안 천재도 성인도 아니며, 오직 옛 성인의 글을 좋아하여 힘을 다하여 이것을 구한 것에 지나지 않습니다."

    ① Ⅰ-13), Ⅱ- 64) 참조.

64) 나의 스승

"서너 사람이 함께 길을 간다면 반드시 나의 스승으로 본받을 사람이 있소. 다른 사람이 잘하는 것은 본받아 선을 행하고, 잘하지 못하는 것을 보고는 스스로 자신의 잘못을 고쳐 나아가오."

65) 얻기 힘든 사람들

"지금 위대한 도덕의 실천자인 성인을 만나 볼 수 없으나, 뛰어난 인격자인 군자를 만나 볼 수 있으면 괜찮겠습니다. 착한 사람이라고 할 수 있는 선인(善人)을 만나 볼 수 없으나, 항상 변하지 않는 마음을 가진 ①항심(恒心) 있는 사람을 만나 볼 수 있다면 괜찮겠습니다.

항심이 있는 사람이란 없어도 있다고 생각하고,

비어 있으나 차 있다고 느끼고, 가난하나 태연히 지내고, 이를테면 ②항산(恒產)이 없어도 항심이 있는 사람을 말합니다. 이런 사람을 얻기란 참 힘듭니다."

> ① 늘 지니고 있어 변함이 없는 올바른 마음. 흔들리지 않는 마음.
> ② (살아갈 수 있는) 일정한 재산, 또는 생업.

66) 인격의 완성

"서로 선을 좋아하고 악을 싫어하는 마음을 시(詩)에서 일으키고, 예로 공경하고 사양할 줄 아는 의지를 세우고, 음악으로 심미할 줄 아는 정서를 길러서 인격을 완성합니다."

67) 끊어 버린 네 가지 욕망

공자는 누구나 버리기 어려운 네 가지를 끊어 버렸다. 사사로운 의사, 반드시 하겠다는 억지, 자기 뜻만 이루려는 외고집, 자기를 내세우는 집착이다.

68) 인이란 예로 돌아오는 것

안회가 공자께 물었다.
"인은 어떤 것입니까?"

공자께서 말씀하셨다.

"자기를 이기고 예로 돌아오는 것이 인이지요. 만일 사람이 하루라도 자기를 이기고 예로 돌아온다면 그 영향으로 온 세상 사람들이 모두 인으로 돌아올 것이오. 그런데 이 인의 실천은 자기 힘으로 실천할 수 있는 것이오. 남의 힘을 기다릴 필요가 있겠소?"

안회 "인을 실천하는 조목은 무엇입니까?"

공자 "예가 아니면 보지도 말고, 예가 아니면 듣지도 말고, 예가 아니면 말하지도 말고, 예가 아니면 행동하지도 말아야 하오."

안회 "제가 어리석고 불민합니다만, 이 말씀의 실천을 평생 노력하겠습니다."

69) 덕을 높이고 악(惡)을 숨기는 법

번지가 공자를 모시고 무우단(舞雩壇) 옆을 산책하면서 물었다.

"자기 덕을 높이 쌓고, 마음속의 악을 고치고, 마음의 ①미혹(迷惑)을 밝히는 방법을 가르쳐 주십시오."

공자께서 말씀하셨다.

"좋은 질문이오. 자기가 마땅히 하여야 할 일을 먼

저 하고, 그 결과로 오는 성과 등을 나중으로 돌
린다면 덕을 높이 쌓을 수 있소. 자기 악을 책하
고 돌보지만, 남의 악을 책하지 않는 것이 마음의
악을 없애는 방법이 아니겠소? 한때의 분노 때문
에 자신도 잊고 일생을 망치는 잘못을 저질러 그
누를 부모에게까지 미친다면 미혹이 아니고 무엇
이겠소?"

① 마음이 흐려서 무엇에 홀림. 정신이 헷갈려 갈
팡질팡 헤맴.

70) 인은 남을 생각하는 것

①중궁(仲弓)이 공자께 물었다.
"인이란 무엇입니까?"
공자께서 말씀하셨다.
"사회에 나가 사람과 사귈 때는 큰 귀빈을 만난
듯이 존경해야 하오. 또 백성을 공사에 부릴 때
는 마치 큰 제사를 받들 듯이 경건한 성실을 바
쳐 신중히 해야 하오. 인이란 남을 생각하는 것
이니, ②내가 하고 싶지 않은 것을 남에게 하게
해서는 안 되오. 이렇게 한다면 제후를 섬기는 위
정자 자리에 있을지라도 남의 나라의 원망을 사
는 일이 없고, 가정에서도 원망하는 사람이 없을

것이오."

중궁이 말하였다.

"제가 비록 어리석고 불민합니다만, 어떻게든 그 실천을 위해 한평생 힘쓰겠습니다."

① Ⅰ-51), Ⅰ-64) 참조.

② Ⅱ-80) 참조.

71) 총명의 뜻

자장이 공자께 물었다.

"총명은 무엇입니까?"

공자께서 말씀하셨다.

"물이 스며들 듯 사람의 마음에 스며드는 훼방과, 또 살을 도려내는 듯한 하소연이라도 그 진실을 파악하고, 그 효과를 낼 수 없게 하는 것이 총명이오. 또 눈앞에 있는 일뿐 아니라 먼 앞날까지 내다볼 수 있는 것은 먼 데를 볼 수 있는 총명이오."

72) 덕행을 높이고 미혹을 분별한다

자장이 공자께 물었다.

"어떻게 하면 덕행을 높이고 미혹을 분별할 수 있습니까?"

공자께서 말씀하셨다.

"모든 일에 충성과 진실을 지키고 의에 따라감으로 덕행을 높일 수 있소. 사람이 죽고 사는 것은 사람의 힘으로 어쩔 수 없는 천명(天命)이요. 사랑하고 미워하는 것은 사람의 상정(常情)이요. 그런데 같은 사람을, 내가 그를 사랑할 때는 그가 살기를 원하고, 미워할 때는 그가 죽기를 원하오. 이처럼 같은 사람에 대하여 살기를 원하기도 하고 죽기를 원하기도 하니 이것이 바로 미혹이오. 모순이 아니겠소?"

73) 달인(達人)이란?

자장이 공자에게 물었다.

"선비가 달인이 되어야 한다고 생각합니다만, 어떤 것을 달(達)이라고 합니까?"

공자께서 말씀하셨다.

"그대는 무엇을 달인이라 생각하오?"

자장 "제후를 섬길 때 반드시 명성이 올라가고, 가정에서도 반드시 명성이 올라가는 것을 달인이라고 생각합니다."

공자 "그것은 명성(名聲)이지, 달(達)이 아니오. 달인이란 본바탕이 충직해 의리를 좋아하며, 남의 말을 가려 알아듣고, 남의 얼굴빛을 꿰뚫어 보는 총명이 있고, 생각이 치밀하면서도 겸허한 태도를 가지는 것이오. 이렇게 한다면 제후를 섬기는 공적 생활은 물론 가정생활도 잘 될 것이니 이것을 달이라 하오. 그런데 명성이란 겉으로 인자(仁者)처럼 보이지만 그의 행실은 모두 인에 벗어나오. 그리고 거짓된 생활을 좋아하고, 인자로 자처하여 의심하지 않소. 그런데 세상은 그것에 속고 공사(公私)에 있어서 명성이 오르고 소문이 나오. 그러나 그런 사람을 달인이라고 할 수 없소."

74) 절조(節操)가 없는 사람

"남쪽 나라 사람들의 격언에 '①항심(恒心)이 없다면 무당이나 의원 노릇도 하지 못한다.' 하였는데, 그 말은 정말 옳은 말이지요. 항심이 없고 절조가 없는 사람은 학문도 수양도 할 수가 없습니다. ②《역경(易經)》에도 '사람으로서 그 행동에 도덕 기준이 없다면 남에게 수치를 받는다.' 하였는데 나는 점을 치지 않아도 알 수가 있습니다."

① II-65) 참조.
② 항괘(恒卦) 구삼(九三). '불항기덕 혹승지수(不恒其德 或承之羞)'.

75) 도의 실천은 힘들다

"가난한 살림을 하면 사람을 원망하기 쉽지요. 그러므로 가난을 분수로 알고 원망하지 않는 것은 매우 어려운 일입니다. 부유한 생활을 하면서도 교만에 빠지지 않는 것은 사리를 분별하는 사람에게는 쉬운 일이지만, 보통사람에게는 쉬운 일이 아닙니다."

76) 정말 근심해야 할 일

"남이 자기를 알아주지 않을까 근심하지 마오. 자기에게 남이 알아줄 만한 능력이 없지 않을까 근심하고 ①노력하오."

　　　　① Ⅰ-28), Ⅱ-51), Ⅱ-116) 참조.

77) 좋은 말[馬]이란?

"좋은 말은 하루에 천릿길을 달리는 힘을 칭찬하는 것이 아니라, 훈련받을 좋은 덕성(德性)을 칭찬하는 것입니다."

78) 먼 장래를 생각하지 않으면 절박한 걱정이 따른다

"사람이 먼 장래를 내다보고, 깊이 생각하지 않는다면 반드시 뜻밖의 우환(憂患)이 일어나는 법입니다."

79) 자기 잘못은 꾸짖고, 남의 잘못에는 너그러워라

"사람이 자기 잘못을 몹시 꾸짖으면 덕을 닦을 수 있고, 남의 잘못을 꾸짖는 데 너그러우면 원망을 사지 않습니다."

80) 관용(寬容)의 도

자공이 공자께 물었다.

"죽을 때까지 실행할 만한 좋은 말 한마디가 있습니까?"

공자께서 말씀하셨다.

"그것은 ①관용뿐인데, 내가 원하지 않는 것을 남에게 하게 하지 말라는 말이오."

① II-62), II-70) 참조.

81) 진정한 잘못

"누구에게나 잘못은 있는데, 잘못하고도 고치지 않는 것이 진정한 ①잘못입니다."

① II-106), II-260), II-327), II-331) 참조.

82) 선을 추구하는 생활

"선을 보고는 따라가도 따라가도 도달하지 못할까 두려워하는 마음으로 선을 해야 합니다. '악인을 보고는 뜨거운 물에 손을 넣었다가 깜짝 놀라 손을 빼듯이 곧 선 아닌 것에서 벗어나야 한다.'는 말이 있는데, 나는 그러한 사람을 본 일도 있고, 그런 말을 들은 일도 있습니다. 또 '①세상에 도가 이루어지지 않으므로 숨어 살지만, 때가 오면 도를 행하려는 뜻을 잃지 않고 학문과 수양에 힘쓰며, 세상에 나아갔을 때는 의를 행함으로 뜻했던 도를 이룬다.'는 말이 있는데, 나는 그런 말을 들었지만, 아직 그런 사람을 보지 못하였습니다."

① II-188) 참조.

83) 내 어찌 먹지 못하는 쓴 박[匏]이 될까?

진(晉)나라 대부 조간자(趙簡子)의 가신 필힐(佛肹)이 자기가 다스리던 중모(中牟)를 근거지로 반란을 일으키고 공자를 불렀다. 공자께서 초청을 받고 가시려고 하자, 자로가 반대하여 말하였다. "이전에 몸소 '불선(不善)'을 행하는 사람에게 군자는 끼지 않는다.'라고 하신 말씀을 들었습니다만, 지금 필힐이 맡았던 땅을 횡령하고 주인을 거슬렀는데, 거기를 가시다니 어찌 된 일입니까?"

공자께서 말씀하셨다.

"그렇지. 그런 말을 한 일이 있었소. 그러나 그것은 도를 닦는 사람이 명심해야 할 말로 한 것이었소. 격언에도 '①참으로 굳은 것은 갈아도 얇아지지 않고, 매우 흰 것은 아무리 바래도 검어지지 않는다.' 하였소. 이 비유처럼 나는 몹쓸 사람들 속에 낄지라도 그들을 착한 곳으로 인도는 하겠지만 악에 휩쓸려 들어가지 않을 테니 안심하오. 또 내가 어찌 먹지 못하는 맛이 쓴 박처럼 담장에만 달려 있고, 사람이 먹지 못하는 그런 쓸모 없는 것이 되겠소?"

① '마이불린 날이불치(磨而不磷 涅而不緇)'.

84) 좋은 말은 듣기만 하지 말라

"앞 큰길에서 좋은 말을 듣고, 뒤 큰길에서 만난 사람에게 말하고 잊어버린다면, 마음의 양식도 되지 않고, 터득되지도 않고, 스스로 덕을 버리는 것입니다."

85) 있으나 마나 한 사람

자장이 말하였다.

"덕을 하나에만 치우쳐 여러 가지 덕을 갖추지 못하거나, 도를 믿지만 독실하지 않다면 덕이 좁아서 도에 대하여 의심하게 됩니다. 그런 사람이라면 이 세상에 있으나 마나 한 사람으로 그 존재를 인정할 수 있겠소? 존재가치가 없지요."

86) 선인(善人)의 의의

자장이 공자에게 물었다.

"①착한 사람의 도리란 어떤 것입니까?"

공자께서 말씀하셨다.

"착한 사람이란 옛 성현이 만든 예법을 배워 따르지도 않고, 또 성인의 가르침을 받아 그 깊은 뜻을 알지도 못하는 사람이오. 비록 몹쓸 짓을 하지 않는 사람이기는 하나 아직 성인의 문에 들어오지 못한 사람이오."

① II-65) 참조.

87) 사람은 도(道)에서 살아야 한다

"누가 집을 나갈 때 문을 거치지 않겠습니까? 이

처럼 살아가는 데 있어서 어찌 이 도의 길을 거
치지 않겠습니까?"

88) 도를 즐기는 생활

"도를 아는 사람은 도를 좋아하는 사람만 못하고,
도를 좋아하는 사람은 도를 즐거워하는 사람만 못
합니다."

89) 덕을 아는 사람은 드물다

"유(由)여! 세상에는 덕을 아는 사람이 드물구려."

90) 물과 불보다 더 필요한 인(仁)

"물과 불은 생활에 필요한 것이나, ①인을 잃는다면
사람이 사람 구실을 할 수 없으므로 물과 불보다
더 소중합니다. 나는 물에 빠져 죽고, 불에 타 죽
는 것은 보았으나, 인의 도를 밟고 죽는 것은 보
지 못하였습니다."

　　　　① II-209) 참조.

91) 도에 살고, 도에 죽는다

"사람이 마땅히 걸어가야 할 길, 즉 도가 어떤 것
인지를 아침에 듣고 깨달았다면 저녁에 죽어도 좋

습니다."

92) 하늘만이 나를 안다

불행한 일이 겹쳤던 만년에 공자께서 한탄하셨다.
"아, 세상에 나를 알아주는 사람이 아무도 없구나!"
이 말을 듣고 자공이 선생을 위로하였다.
"어찌 선생님을 모르겠습니까? 누구나 선생님의 명
성을 듣고 사모하지 않습니까?"
공자께서 거듭 말씀하셨다.
"나는 도를 행하려고 애를 썼으나 하늘의 때를 얻
지 못하고 뜻을 이룰 수 없었는데, 그렇다고 하늘
을 원망하지 않소. 또 어디서나 나를 알고 써 주
는 사람이 없었지만 그렇다고 사람을 탓하지 않
소. 그저 사람이라면 누구나 할 수 있는 일에 대
하여 배우고, 알 수 없는 도리를 연구하고, 실행
할 수 없는 것을 행하려고 노력하여, 차차 고상한
천도(天道)를 알려고 하오. 이것이 바로 하늘만이
나를 아는 것이오."

93) 도(道)와 사람

"사람의 행동으로 도는 넓어지는데, 도가 사람을
지키거나 강해지게 하는 것은 아닙니다."

5. 학문하는 태도

94) 군자다운 사람

공자께서 말씀하셨다.

"이미 배운 것을 때때로 복습하여 모르는 것을 깨달으면 얼마나 기쁘겠소! 공부할 벗이 먼 곳에서 찾아와 함께 연구한다면 이 얼마나 즐겁겠소! 남들이 자기를 몰라줄지라도 불만을 품지 않고, 진리 탐구에 열중한다면 이 또한 ①군자다운 사람이 아니겠소!"

> ① 군자는 학문과 도덕이 이루어진 사람, 인격이 높은 사람, 훌륭한 사람, 본래 학문과 도덕으로 관직을 가지고 백성을 다스린 사람을 말하였으나, 나중에는 학문, 도덕이 있어 백성의 지도자가 될 수 있는 사람을 부르는 말이 되었다. 그러므로 군자는 경우에 따라 '덕 있는 사람' '벼슬하는 사람' '학자(學者)'의 세 가지 뜻으로 사용할 수 있는 말이다. 이것을 대신할 적당한 현대어가 없다.

95) 옛것을 익혀 새것을 안다

"옛 학문을 되풀이하여 연구하고, 현실을 처리할 수 있는 새로운 학문을 이해해야, 비로소 남의 스승이 될 자격이 있습니다."

96) 학문과 사색(思索)

"배움에만 힘쓰고 사색하지 않는다면 도리를 파악할 수 없고, 사색만 하고 배우지 않는다면 좁은 시야에 사로잡혀 그 학문은 위태롭습니다."

97) 학문의 목적

"학문의 첫째 목적은 훌륭한 사람이 되는 것이므로 유가(儒家) 외의 다른 학문을 ①배우는 것은 해를 입을 뿐입니다."

> ① 달리 '다른 학문(異敎)을 공격한다는 것은'이라고도 번역한다.

98) 진정으로 아는 것

①자로는 남에게 지기 싫어하여 아는 체를 잘하였다. 그래서 공자께서 말씀하셨다.
"그대에게 안다는 것이 무엇인지 가르쳐 주겠소. 아는 것은 안다고 하고, 모르는 것은 모른다고 하는 것이 바로 아는 것이오."

> ① I-71), II-98), II-103), II-188), II-199), II-285) 참조.

99) 넓게 배우고, 실제 문제를 생각하라

자하가 말하였다.

"인을 지향하는 사람은 넓게 배워야 하고, 배운 것을 명심해야 합니다. 배워도 깨닫지 못하는 것은 열심히 물어서 이해하도록 하며, 마음을 먼 곳에만 두지 말고 가까이 있는 실제 문제를 생각하고 공부해야 합니다. 바로 거기에 인이 있습니다."

100) 과거를 알면 현재와 미래를 알 수 있다

자장이 물었다.

"지금부터 10대 후에 ①예(禮)가 어떻게 변할지 미리 알 수 있습니까?"

공자께서 역사를 연구하면 미래도 알 수 있다는 뜻으로 말씀하셨다.

"과거의 역사를 보면 은(殷)나라는 하(夏)나라의 예법을 기초로 하였으나 변하였고, 주(周)나라는 은나라 예법을 기초로 하였으나 그것보다 ②진보하였고, 그 사이 조금 늘이거나 줄이거나 하였으나 예의 기본은 변하지 않았소. 이로 미루어 주나라의 예법을 이을 새 세대라도 백 대 이후까지 그예의 대강은 알 수 있소."

① 법률 · 제도 · 규범 · 도덕 · 의식 등 모든 사회질서를 말한다. 하나라는 우왕(禹王)이 세웠고, 은나라는 탕왕(湯王)이 하나라 걸왕(桀王)을 없애고 세운 나라이고, 주나라는 무왕(武王)이 은나라 주왕(紂王)을 없애고 세운 나라이다.

② 삼강(三綱), 즉 임금과 신하, 부모와 자녀, 남편과 아내의 도(道)나, 오상(五常) 즉 인의예지신(仁義禮智信) 등을 말한다.

101) 노력과 학문

자하가 말하였다.

"오늘은 오늘로서 지금까지 몰랐던 것을 알고, 이 달은 이 달로 자기가 안 것을 잊지 않도록 하여야 하오. 이처럼 날마다 달마다 알기 위하여 노력하고, 이미 배운 것과 행할 수 없었던 것을 잊지 않도록 한다면 비로소 ①학문을 좋아한다고 할 수 있소."

① Ⅱ-95), Ⅱ-261) 참조.

102) 사색과 학문

"나는 일찍이 종일 먹지도 않고, 잠도 안 자고 생각해 보았는데 얻은 것이 없었습니다. 생각도 중요하지만 역시 앞선 성현의 가르침을 ①배우는 것만 못하였습니다."

① II-96), II-120) 참조.

103) 말과 실천

자로는 공자께 가르침을 들으면 반드시 실천하려
하였다. 그러므로 자기가 그것을 미처 실천하기
전에 또 다른 가르침을 들을까 걱정하였다.

104) 아랫사람에게 묻기를 부끄러워하지 말라

자공이 공자께 물었다.

"①공문자(孔文子)는 욕망이 많아 충성스런 사람도
아닌데, 왜 글월이라는 문(文)자로 ②시호(諡號)
를 받았습니까?"

공자께서 말씀하셨다.

"그는 어려서부터 민첩하고 학문을 좋아하여, 아
랫사람에게도 묻기를 부끄러워하지 않았소. 그래
서 그의 시호를 문(文)이라 하였소."

① 위(衛)나라의 대부 공어(孔圉). II-357) 참조.
② 중국에서는 그 생애의 업적과 인격을 생각하여
합당한 이름을 그가 죽은 후에 짓는 습관이 있었
다.

105) 성실과 학문

"열 집쯤 되는 작은 마을에도 반드시 나만큼 충성

스럽고 신실한 사람이 있겠으나, 나만큼 학문을 좋아하는 사람은 없습니다."

106) 남에게 화풀이하지 말라

노나라 애공(哀公)이 공자께 물었다.

"제자 가운데 누가 학문을 제일 좋아합니까?"

공자께서 말씀하셨다.

"안회라는 사람이 있었는데 학문을 좋아하였습니다. 자기의 노여움을 남에게 화풀이하지 않았고, 한번 잘못한 일을 되풀이하지 않았습니다. 그러나 불행하게도 명(命)이 짧아서 일찍 죽었습니다. 그 밖에는 아직 학문을 좋아하는 사람이 있다는 말을 들어보지 못하였습니다."

107) 학자의 자세

공자께서 자하에게 말씀하셨다.

"그대는 의리를 찾는 군자의 학자가 되고, 이익을 찾는 소인의 학자는 되지 마오."

108) 공자는 ①표준어로 시서(詩書)를 읽으셨다

공자는 《시경》과 《서경(書經)》을 표준어[아언雅言]로 읽으셨다. 예를 집행할 때도 예문(禮文)은 표준어로 읽으셨다.

> ① 노나라 사투리가 아닌 주나라 표준음. 당시에
> 임금이나 존경하는 사람의 이름을 피하는 습관이
> 있어서 다른 음으로 읽었는데, 고전을 읽을 때만
> 바른 음으로 읽었다고 한다. 이것은 시서를 존중
> 한 공자의 학문하는 태도를 말한 것이다.

109) 많이 듣고 보는 것이 낫다

"세상에는 큰 지식도 없이 창작하는 사람이 있습니다. 그러나 나는 그렇게 하지 않습니다. 나는 많이 듣고 그 가운데서 좋은 것을 가려내어 따라갑니다. 많은 책과 모든 것을 보고서 그 가운데서 좋은 것을 가려 기억합니다. 이것이 내 태도이며, 완전한 지성인이라 할 수는 없겠지만 ①그다음쯤은 될 것입니다."

> ① Ⅰ-5), Ⅱ-54) 참조.

110) 학문하는 태도

"학문은 어떤 목표에 도달하려고 많이 애쓰나, 도달할 재능이 부족하지나 않을까, 또는 어떤 진리를 얻고서도 혹시 잃어버리지 않을까 하는 태도로 공부해야 합니다."

111) 군자의 학문, ①명(命)과 인(仁)

공자의 학문은 본래 도덕을 숭상하는 군자의 학문이다. 그러므로 공자는 소인이 추구하는 경제적 이익에 대하여는 그다지 많이 말씀하시지 않았다. 그러나 군자가 반드시 알아야 할 명과 인에 대하여는 많이 말씀하셨다.

　　① 목숨, 운명(運命)의 준말. 하늘의 뜻(천명).

112) 진보(進步)와 퇴보(退步)

"비유해서 말하면 사람의 학문과 수양은 흙을 쌓아서 산을 만드는 것과 같소. 한 삼태기를 채우면 완성하는데 그만두는 것은 오직 자기 탓이오. 또 비유해서 말하면 흙을 메워 땅을 평평하게 하는 것과 같소. 한 삼태기라도 부으면 그만큼 진보하는 것이오."

113) 아는 것은 실천하라

"윤리적으로 옳은 말은 따르지 않을 수 없습니다. 그러나 '네' 하고 따르기만 하기보다는 잘못을 고치는 것이 소중한 일이지요. 논리적으로 완전한 이치에 따라 가르친다면 누가 기뻐하지 않겠습니까? 그러나 기뻐하기만 하기보다는 그 말 속에 숨은 뜻을 알아듣는 것이 소중합니다. 세상 사람

은 기뻐하면서도 깊은 뜻을 찾지 않고, 순종하면
서도 잘못을 고치려 하지 않습니다. 그러면 난들
어찌할 수 없습니다."

114) 안회의 침묵

"안회는 질문으로 나를 일깨울 기회를 만든 일이
없었습니다. 어디까지나 내 말을 곧 ①이해하고 기
뻐할 뿐이었습니다."

　　　　　① II-169) 참조.

115) 수양이냐, 명성이냐

"옛날의 학자는 자기 수양을 위하여 배웠으나, 지
금의 학자는 남에게 알려지기 위하여 배웁니다."

116) 허영(虛榮)을 버리고 실력을 길러라

"벼슬자리가 없을까 근심하지 말고, 그런 자리에
설 실력이 있을까 근심해야 합니다. 남이 알아주
지 않는다고 근심하지 말고, 남이 알아줄 만한
①실력을 길러야 합니다."

　　　　　① II-51) 참조.

117) 자기 자신을 알아야 한다

공자께서 제자 ①칠조개(漆彫開)가 어느 정도 학문

이 통달하였으므로 벼슬을 권하였다. 칠조개가 말하였다.

"저는 아직 벼슬할 자신이 없습니다."

공자께서 그가 독실하여 학문에만 뜻을 둔 것을 기뻐하셨다.

① 칠조(漆彫)가 성, 개(開)가 이름이다.

118) 학문과 벼슬

"3년이나 학문을 하고도 ①벼슬을 서두르지 않는 사람은 요즈음 보기 힘듭니다."

① II-117) 참조.

119) 배운 것을 실천하라

자하가 말하였다.

"벼슬을 얻은 다음 공부에 온 힘을 다하고, 남는 힘이 있으면 배워 식견을 넓혀 일에 도움이 되어야 합니다. 학문하는 사람은 학문에 진보하고도 남는 힘이 있으면, 벼슬하여 배운 것을 실천해야 합니다."

120) 학문은 모든 것의 뒷받침이 된다

공자가 자로에게 말씀하셨다.

"여보게, 그대는 인(仁)·지(知)·신(信)·직(直)·

용(勇)·강(剛) 여섯 가지 아름다운 덕을 배우지 않을 때 생기는 여섯 가지 폐단을 들은 적이 있소?"

자로가 말하였다.

"아직 들은 적이 없습니다."

공자 "앉으시오, 그대에게 말하겠소. 어떤 미덕도 학문의 뒷받침이 없으면 덕으로서 그 역할을 할 수가 없소. 인(仁)만 좋아하고 학문을 좋아하지 않으면, 이치에 밝지 않아 속거나 휘둘려 우매하게 되오. 지(知)만 좋아하고 학문을 좋아하지 않아 이치에 밝지 않으면, 헛되게 먼 것을 찾거나 박학(博學)만을 자랑하며 방탕하게 되오. 신(信)만 좋아하고 학문을 좋아하지 않아 조리에 밝지 않으면, 광신(狂信)·경신(輕信)·미신(迷信) 등으로 해를 받게 되오. ①직(直)만 좋아하고 학문을 좋아하지 않으면, 자기나 남을 꾸짖기에 조급하게 되어 융통성을 잃소. 용(勇)만 좋아하고 학문으로 수양하지 않으면, 혈기에 날뛰는 폐단에 빠지오. 강(剛)만 좋아하고 학문으로 바로잡지 않으면, 허망한 행동이나 미친 짓을 하게 되는 폐단에 빠지게 되오."

① II-17) 참조.

121)《시경(詩經)》의 정신

"①《시경》은 3백여 편인데, 그 참뜻을 한마디로 말하면 간사한 생각이 없다는 것입니다. 즉 순수감정의 발로입니다."

① 시경은 세계에서 가장 오래된 시다. 지금으로부터 2천 5백 년 내지 3천 년 전의 시다. 자연을 노래하고, 연애 감정을 노래하고, 인간 세상의 괴로움을 노래하였으나, 거기에는 백성의 참된 소리가 스며 있다. 따라서 정치에 대한 원망도 있지만, 한편 선정(善政)을 찬미한 아름다운 노래도 있다. 음란한 시도 있지만, 사람의 순수한 애정의 토로도 있다. 공자는 이 시의 중요성을 자주 말하였다. II-122), II-124), II-140), II-392) 참조.

122)《시경》의 효능

"젊은 학생들이여! 그대들은 왜 《시경》을 배우지 않는가? 시는 사람의 마음이 자연의 변화에서 느낀 감흥으로, 그것을 읽으면 감동하게 할 수 있소. 시경은 민풍(民風)을 반영하고 있으므로 이것을 배우면 인정, 풍속, 세태를 관찰할 수 있소.

시를 배우면 온화의 정을 길러 대중이 서로 화합할 수 있소. 시인은 사람의 악을 미워하고 정치의 악을 미워하는 심정을 노래하였으므로, 이것을 배우면 원망은 하겠지만, 남에게 노하고 화를 내지 않게 되오.

또 시로써 마음을 기르면 집에서는 부모를 잘 섬길 수 있고, 멀리는 임금을 잘 섬길 수 있고, 인간의 도리를 아는 데 도움이 되오. 더욱이 새와 짐승과 풀과 나무 이름도 많이 알게 되고 온갖 지식을 넓힐 수 있소. 시를 배우는 효능은 이처럼 크니, 그대들은 《시경》 공부를 독실하게 하오."

123) 일관(一貫)된 도

공자께서 자공에게 물었다.

"사(賜, 자공의 이름)여! 그대는 내가 많이 배워서 박식한 사람이라고 생각하오?"

자공이 말하였다.

"네, 그렇습니다. 그렇지 않습니까?"

공자 "아니오. 나는 하나의 도로 모든 것을 꿰뚫은 사람이오."

124) 《시경》과 인격 형성

공자께서 아들인 ①백어(伯魚)에게 말씀하셨다.

"너는 《시경》의 첫머리에 있는 주남(周南), 소남(召南)의 시를 배운 일이 있느냐? 사람이 이것을 배우지 않으면 마치 담을 향하여 마주 선 것과 같다. 앞으로 나아갈 수도 없고, 그렇다고 담 안에 있는 아름다운 궁전이나 정원을 볼 수가 없다. 마침내 융통성 없는 사람이 될 것이다."

① 공자의 외아들. 이름은 이(鯉), 자가 백어이다. 공자가 71세 때 51세로 죽었다. II-140), II-254) 참조.

6. 교육의 방법과 필요성

125) 문을 두드리지 않는 사람에게는 열어 주지 않는다

"스스로 알려고 애쓰지 않는 사람은 지도해 주지 않습니다. 발표하려고 애쓰지 않는 사람은 깨우쳐 주지 않습니다. 한 모퉁이를 들어 주어 세 모퉁이를 알지 못하는 사람은 되풀이해서 가르치지 않습니다."

126) 네 가지 가르침

공자는 가르침의 중요 항목을 네 가지로 해서 제자들을 가르쳤다. 고전(古典) 강의와, 덕(德)의 실천과, 성실을 다하는 충(忠)과, 사람을 속이지 않는 신(信)이었다.

127) 오는 자를 맞아들이라

호향(互鄕)은 평판이 매우 나쁜 동네였다. 이 동네의 한 소년이 공자를 만나 가르침을 받고자 청하였다. 제자들은 선생이 이런 나쁜 동네의 소년을 왜 만나 보실까 하고 의아해하였다. 공자께서 말씀하셨다.

"배우고자 오는 사람이라면 맞아들일 것이오. 그런 사람을 어찌 ①물리치겠소? 왜 그렇게 속이 좁단 말이오? 어떤 사람이든지 자기 몸을 깨끗이하고 오려는 뜻을 가지면 받아들여야 하오. 과거는 묻지 않는 것이 좋소."

128) 어떻게 할 수 없는 사람

"열광적인 성품을 가지고 있으나 정직하지 않은 사람, 아는 것도 없으면서 말을 삼갈 줄 모르는 사람, 무능하고도 진실성이 없는 사람, 이런 사람은 나도 어떻게 해야 할지 알 수 없습니다."

129) 성실을 다하여 가르친다

"내가 아는 것이 있을까요? 아니 없습니다. 그러나 단지 아무것도 모르는 천한 사람이라도 진심으로 내게 묻는다면 나는 그 사람이 물어보는 일의 반대의 경우나 모순의 양쪽을 지적하고, 끝까지 성실을 다하여 내가 알고 있는 한 남김없이 가르칩니다."

130) 교육에는 계급이 없다

"육포(肉脯) 열 조각을 한 묶음으로 한 변변치 않은 ①예물을 가지고 온 ②평민부터 그 이상의 사람까지, 나를 찾아온 사람을 가르치지 않은 적이 없습니다."

> ① 옛날 예법에는 처음 면회할 때 반드시 예물을 가지고 왔다. 임금은 옥(玉), 벼슬하는 사람은 염소, 대부는 기러기, 선비는 꿩, 서민은 오리, 상공인은 닭을 사용하였다.
> ② 계발(啓發) 교육이란 말은 여기서 나왔다. 창의와 자발성을 강조하고, 자주적인 학습태도와 습관을 길러주려는 교육을 말한다. II-210) 참조.

131) 마름질하지 않은 비단과 같은 젊은이들

공자께서 도를 천하에 펴려고 하였으나, 도가 행해지지 않았다. 그래서 고향에 돌아가 후배 양성에 힘쓰고자 결심하고 진(陳)나라에 계실 때 말씀하셨다.

"돌아가야겠소, 돌아가야겠소. 노나라에 돌아가야겠소! 우리 고향의 젊은이들은 이상은 높은데 실천은 모자라오. 그들은 무늬 있는 비단같이 아름다운 소질이 있으나, 아직 마름질하지 못하였소. 어서 노나라에 돌아가 이런 젊은이들을 가르쳐 도를 후대에 전하겠소."

132) 기백(氣魄)과 절조(節操)

"중용(中庸)의 도를 행할 수 있는 인재를 얻어 그
에게 도를 전하고 싶으나, 그런 인물을 얻을 수
없으면, 뜻은 몹시 높으나 실천이 따르지 않는 사
람, 또는 지식은 미치지 못하나 절조를 굳게 지킬
사람을 얻어 도를 가르치고 싶습니다. 전자는 스
스로 선(善)을 하고자 하는 기백이 있고, 후자는
선이 아니면 단호하게 하지 않는 절조가 있으니까
요."

133) 본성(本性)과 교육

"①사람이 타고난 본성은 서로 비슷한데 그 후의
환경과 교육으로 인해 차이가 나게 됩니다. 그러
므로 환경, 교육은 제2의 천성이 되므로 환경과
교육에 충분한 주의를 기울여야 합니다."

① II-134) 참조.

134) 인간 형성과 교육

"사람은 교육으로 선(善)도 되고 악(惡)도 되는데,
처음부터 선인, 악인, 어질고, 어리석은 ①차별이

없습니다."

① 여기서 공자는 인간의 본질적 평등(平等)을 말하였다.

135) 재주에는 한계가 있다

"재주가 ①중(中) 이상인 사람에게는 고원한 진리를 말할 수 있지만, 중 이하인 사람에게는 그런 고상한 도를 말할 것이 못 됩니다."

① 공자는 사람을 상·중·하 세 등급으로 나누었다. II-136), II-137) 참조.

136) 사람의 네 가지 차등(差等)

"사람은 네 가지 차등을 가지고 태어납니다. 나면서부터 도리를 알고 덕을 갖춘 사람은 으뜸가는 인물로 성인(聖人)이라 할 것이며, 뜻을 배움에 두고 나중에 도를 깨닫는 사람은 그다음입니다. 막히는 것이 많아도 애써 배우는 사람은 또 그다음입니다. 그러나 막히고 괴롭다고 하여 배우지 않는 사람은 ①가장 낮은 사람입니다."

① II-134), II-137) 참조.

137) 상지(上知)와 하우(下愚)와 평범

"①태어나면서 도를 아는 성인(聖人)을 상지라 하

고, 막혀도 배우고 수양하고자 하지 않는 사람을
하우라고 하는데, 보통사람은 누구나 배움에 따
라 어질게도 되고 어리석게도 됩니다. 그러나 상
지가 하우가 될 수 없고, 하우가 상지가 될 수는
없습니다."

      ① II-134), II-136) 참조.

138) 선인(善人)의 재능

"착한 사람을 반드시 성인군자라고는 할 수 없지
만, 이런 사람이 백성을 7년 교육하고 훈련한다
면 안심하고 백성을 싸움터에 내보낼 수 있습니
다."

139) 전쟁과 국민 교육

"교육이나 훈련 없이 백성을 싸움터에 내보내는
것은 반드시 패하기 마련이며, 자기 나라 백성을
내버리는 것이나 다름없습니다."

140) 세 가지 교훈

공자의 제자 진항(陳亢)이 공자의 아들 백어(伯
魚)에게 물었다.
"당신은 선생님의 아드님입니다. 선생님께 특별히

배운 것이 있습니까?"

백어가 말하였다.

"별로 없습니다. 다만 제가 어느 때 아버님께서 홀로 서 계실 때, 그 앞을 총총히 지나자 '너 ①《시경》을 배웠느냐?' 하셨습니다. 그래서 '아직 배우지 못하였습니다.'라고 여쭈었더니, '사람이 《시경》을 배우지 않으면 남과 말을 할 수 없다. 《시경》은 인정의 발로요, 말이 세련되고 듣기도 좋다. 《시경》을 배워라.'라고 하셨습니다. 그래서 저는 곧 물러 나와 《시경》을 배우기 시작하였습니다. 그후 어느 날 또 아버님이 홀로 계실 때 그 앞을 지나자 '《예기(禮記)》를 배웠느냐?' 하시기에 '아직 배우지 못하였습니다.'라고 여쭈었습니다. 그러자 '《예기》를 배워야 사람 구실을 할 수 있다.'고 말씀하시므로 저는 곧 물러 나와 《예기》를 배웠습니다. 특별히 들었다면 이 두 가지 말씀입니다."

진항이 이 말을 듣고 물러 나와 기뻐하며 말하였다.

"나는 한 가지를 물었는데 세 가지를 알았습니다. 《시경》이 소중한 것을 알았고, 《예기》가 필요한 것을 알았고, 또 군자가 자기 아들이라 할지라도 특별히 가까이하지 않는다는 것을 알았습니다."

① II-121), II-122), II-124) 참조.

141) 능력에 따라 가르친다

자유가 말하였다.

"자하의 제자인 어린 학생들은 물을 뿌리거나 청소하거나, 손님을 접대하거나, 들어가고 물러나는 그런 작은 예절은 잘하는데, 그것은 소소한 말단의 일입니다. 윤리의 근본에 비하면 보잘것없으니, 어찌 된 일이오?"

이 말을 자하가 듣고 말하였다.

"아하, 자유는 잘못된 말을 하는구려. 군자가 가르치는 데는 전후의 차별이 없고, 누구에게나 한결같이 가르치지요. 그러나 배우는 사람에게 차이가 있으므로 거기에 따라 가르치는 법도 다르오. 어린 제자에게는 작은 예절부터 먼저 가르치고, 다음에 높고 먼 근본을 가르칩니다. 예를 들어 초목의 크고 작음과 종류를 나누고, 알맞게 심는 것과 같지요. 처음부터 높고 먼 것을 가르치면 배우는 사람을 속이는 것이 아니겠소? 순서도 없이 근본만을 가르치는 억지를 하지 않지요. 시작도 있고, 끝도 있소. 도의 초보적인 것과 높은 이름을 겸할 수 있는 것은 성인뿐이며, 그 아랫사람은 작은 일에서 큰 도에 이르도록 사람의 능력에 따라 가르쳐야 하오."

142) 건방진 소년

공자께서 궐당(闕黨)에 사는 한 소년을 방문객의 말을 전하는 심부름하는 일을 시킨 일이 있었다. 어떤 사람이 물었다.

"그 소년은 학문에 진취성이 있습니까?"

공자께서 말씀하셨다.

"내가 보기에는 그렇지 않습니다. 조금 건방진 소년이지요. 어른 자리에 앉기를 좋아합니다. 또 어른들과 같이 어깨를 나란히 하고 따라다니기를 좋아합니다. 겸손하게 학문 수양을 쌓을 생각은 하지 않고 하루빨리 어른이 되려고 합니다. 그래서 예의범절을 배우도록 이 일을 하게 합니다."

143) 하늘은 말이 없다

공자께서 자공에게 말씀하셨다.

"나는 이제 말을 하고 싶지 않소."

자공이 말하였다.

"선생님께서 말씀하고 싶지 않으시면 우리 제자들이 무엇을 듣고 적어두겠습니까? 선생님의 가르침을 어떻게 전하겠습니까?"

공자 "하늘이 무슨 말을 하오? 말이 없지 않소? 그
러나 춘하추동은 끊임없이 운행(運行)하고, 모든
짐승과 초목은 저절로 자라지 않소? 이것이 모두
위대한 운행으로 하늘은 말이 없지 않소? 내가 말
하지 않아도 말을 떠난 내 행위를 보고 내가 생각
하고 있는 이치를 깨달을 수도 있지 않겠소?"

144) 묻는 말은 같아도, 대답은 달라야 한다

자로가 공자께 물었다.

"좋은 말을 들으면 곧 실행해도 좋겠습니까?"

공자께서 말씀하셨다.

"부형이 위에 계시니 여쭈어보아야 하오. 어떻게
들은 것을 곧 실행하겠소."

①염유가 또 공자께 물었다.

"좋은 말을 들으면 곧 실행할까요?"

공자 "들은 대로 곧 실행하오."

공서화(公西華)가 이 말을 듣고 의아하게 여기고
공자께 물었다.

"선생님은 들은 말을 곧 실행할까 하는 질문을 받
았을 때, 묻는 말은 같은데 자로에게는 '부형이 계
시니 들은 대로 실행할 수 있겠는가?' 하셨습니다.

또 염유에게는 '들은 대로 곧 실행하라.' 하셨습니다. 선생님의 대답이 왜 다른지 저는 알 수가 없습니다. 그래서 감히 여쭙니다."

공자 "염유는 겸양하여 뒷걸음만 치므로 앞으로 나아가게 하였고, 자로는 항상 남에게 지지 않으려고 나서기를 잘하니 조금 견제하려고 그렇게 말하였소."

　　　① Ⅱ-61), Ⅱ-258) 참조.

145) 행동의 교훈

노나라 사람 유비(孺悲)가 공자께 뵙기를 청하였다. 공자는 그가 전에 잘못한 일이 있었으므로, 병 때문에 만날 수 없다고 사절하였다. 심부름 온 사람이 문밖을 나가자, 공자는 거문고를 타면서 노래를 불러 유비에게 병중이 아님을 알려서 왜 만나지 않았는지 깊이 반성하게 하셨다.

146) 어진 한 사람을 보고, 그 나라를 알 수 있다

공자께서 부모와 웃어른을 잘 섬기며, 어진 벗을 사귀는 ①자천(子賤)을 가리켜 말씀하셨다.

"이런 사람이야말로 참 군자요. 노나라에 ②군자다운 사람이 없었다면 그가 어디서 이렇게 훌륭한 덕행을 본받았겠소."

① 성은 복(宓), 이름은 부제(不齊), 자천은 자이
다.

② 공자가 교제에 대하여 자천에게 물었다. 자천
은 '아버지로 섬기는 사람이 세 사람, 형으로 섬
기는 사람이 다섯 사람, 친구로 사귀는 사람이 열
한 사람, 스승으로 섬기는 사람이 한 사람 있다.'
라고 대답하였다. 공자는 '아버지로 섬기는 세 사
람에게 효를 배우고, 형으로 섬기는 다섯 사람에
게 제(悌, 어린 사람이 어른을 잘 공경하는 것)를
배우고, 열한 친구에게 자기 편견을 듣고, 스승을
따라 실수를 막으며 그 공은 요순(堯舜)과 같아
질 것이다.'라고 하셨다. 이런 대화가 이 장의 배
경이 된 것 같다.

147) 난세를 탄식하다

공자께서 소란한 중국에 염증을 느끼고 오랑캐 땅
에 가서 살려고 하셨다. 어떤 사람이 말하였다.
"오랑캐 땅은 더러운 곳인데 어떻게 가서 살겠습
니까?"
공자께서 말씀하셨다.
"①군자가 가서 살면 풍속이 선량해지지 않겠소?
어찌 더럽다 하겠소?"

① II-208) 참조.

7. 말

148) 아첨에는 인(仁)이 없다

"남이 듣기 좋아하는 재치있는 말을 하거나, 남의 눈에 들도록 맵시 있는 표정을 꾸미며 아첨하는 사람은 진심에서 우러나오는 ①인(仁)이 적습니다."

　　① II-153), II-181), II-201), II-219), II-334), II-362) 참조.

149) 말보다 실천

실천보다 말이 앞서는 자공이 공자께 물었다.
"어떤 사람을 군자라 할 수 있습니까?"
공자께서 말씀하셨다.
"먼저 실천한 뒤에 말하는 사람이오."

150) 실천이 앞서야 한다

"옛사람은 경솔하게 말하지 않았습니다. 그것은 실천이 따르지 못할까 두려워하였기 ①때문입니다."

　　① II-303) 참조.

151) 말은 더디고, 행동은 민첩하게

"군자는 말은 더디고, 행동은 ①민첩해야 합니다."

    ① II-261) 참조.

152) 충고(忠告)에도 한계가 있어야 한다

자유가 윗사람에게 간하는 말이나 친구에게 충고
하는 데 한계가 있어야 한다는 뜻으로 말하였다.
"임금을 섬길 때 자주 간하면 욕(辱)을 보게 되고,
벗과 사귈 때 자주 충고하면 사이가 벌어지게 됩
니다."

153) 인덕(仁德)과 말재주

춘추시대에는 웅변을 소중히 여겼다. 그래서 어떤
사람이 말하였다.
"①염옹(冉雍)은 인덕이 있습니다만, 말재주가 없
습니다."
공자께서 말씀하셨다.
"말재주는 있어 무엇에 쓰겠소? 사람을 말재주로
만 사귄다면 흔히 남의 미움을 받지요. 또 염옹이
인자(仁者)일지 의심스럽지만, 어쨌든 말재주는 있
어 ②무엇에 쓰겠소?"

    ① II-391) 참조.
    ② II-42), II-159), II-321) 참조.

154) 군자를 속일 수는 있지만 빠지게 할 수는 없다

자아(子我)가 공자에게 물었다.

"인자는 사람이 우물에 빠졌다고 하면 달려가 우물로 뛰어들어 ①구해야 합니까?"

공자께서 말씀하셨다.

"어찌 그렇게야 하겠소? 위급하다면 우물 옆으로 빨리 달려오게 할 수는 있겠지만, 우물로 덮어놓고 뛰어들게 할 수는 없지요. 이치에 맞는 말로 속일 수는 있지만, 이치에 맞지 않는 말로 속일 수는 없지요."

> ① 공산불요나 필힐이 불렀을 때 공자가 가려고 하자 자로는 직접 말하였는데, 자아는 이 장같이 풍자하는 말로 공자가 속아서 재앙을 받지 않도록 간접적으로 말한 것 같다. II-83), II-379) 참조.

155) 남의 일에 간섭하지 말라

"지금 그 지위에 있지 않다면, 그 지위에 관한 일에 대하여는 말하지 않고, 간섭도 하지 않아야 합니다."

156) 공사(公私)에 다르게 말하다

공자는 마을의 한 사람으로 선배나 어른들과 함께 있을 때는 신실하고, 공손하고, 소박하여, 마치 말을 잘 못하는 사람과 같았다. 종묘 제사에서 군주를 도우실 때나 조정에서 정치를 논할 때는 온화하셨으나, 분명히 말씀하셨고, 다만 삼가셨다.

157) 남용(南容)의 언행

남용은 《시경》 대아(大雅) 억편(抑篇) 백규(白圭)의 '①흰 옥의 티는 갈 수 있지만, 말의 잘못은 돌이킬 수 없도다.'라고 한 글귀를 몇 번이나 거듭 읽었다. 공자께서는 '이렇게 말을 삼가는 사람이라면 틀림없다.' 여기시고, ②형의 딸을 그의 아내로 삼도록 하셨다.

> ① '백규지점 상가마야. 사언지점 불가위야(白圭之玷 尙可磨也. 斯言之玷 不可爲也).'
> ② Ⅰ-16) 참조.

158) 민자건의 능변(能辯)

노나라 관리가 장부(長府)라는 창고를 크게 다시 지었다. 민자건이 말하였다.
"그전 것을 수리하면 그만인데 새로 지을 것까지야 없지 않는가?"
공자께서 이 말을 듣고 말씀하셨다.

"민자건은 좀처럼 말이 없는데, 말을 꺼내면 도리에 맞는 말을 하오."

159) 말재주를 싫어한다

자로가 후배인 ①자고(子羔)를 비읍(費邑)의 읍장으로 삼으려 하였다. 그러자 공자께서 말리셨다.

"아직 어린 자고에게 그런 중임을 맡기면 그 젊은 이를 해칠 염려가 있소. 좀 더 학문 수양을 할 때까지 기다리는 것이 좋겠소."

자로가 말하였다.

"백성이 있고, 다스릴 나라가 있습니다. 실제로 정치를 해보는 것도 학문이 아닙니까? 반드시 ②책을 읽는 것만이 학문이라고 생각할 필요는 없지 않습니까?"

공자 "그래서 나는 그대와 같이 말재주만 있는 사람을 싫어하오."

① 고시(高柴). 공자가 우둔하다 평하였다. Ⅰ-68) 참조.
② 자로의 말에 일리가 있다. 그러나 이 말은 자로가 자기의 경솔을 얼버무리려는 구실이었다. 그래서 꾸지람을 들었다.

160) 실천하기 어려우니, 쉽게 말할 수 없다

말만 앞세우는 ①사마우(司馬牛)가 공자께 물었다.
"인은 어떤 것입니까?"
공자께서 말씀하셨다.
"인이란 말하기를 어려워하는 것이오. 즉 말을 삼가며 꾹 누르고 참는 것이오."
사마우 "말을 참는다, 말하기를 어려워한다는 것쯤을 인이라 할 수 있습니까?"
공자 "무엇이나 실천하기란 힘들지만, 인을 행한다는 것은 더 힘드오. 실천이 힘들다면 말하고 싶은 것도 삼가고 참아야 하니 말하는 것이 어렵지 않겠소?"

① 공자의 제자. 말이 많고 경솔한 성품인 듯하다.

161) 국가의 흥망(興亡)이 달린 말

노나라 정공(定公)이 공자에게 물었다.
"한마디 말로 나라를 흥하게 할 수 있습니까?"
공자께서 말씀하셨다.
"말이란 그렇게 단정할 수는 없습니다만, 세상에서는 '임금 되기도 어렵고, 신하 되기도 쉽지 않다.'고 합니다. 만일 임금 되기 어렵다는 의미를 참으로 임금이 안다면, 그 말 한마디로 나라를 흥하게 하는 말에 가깝지 않겠습니까?"

정공 "그러면 한마디 말로 나라를 망하게 할 수 있습니까?"

공자 "말이란 그렇게 단정해서는 안 됩니다. 세상에서는 '나는 임금이 된 것을 별로 즐거워하지 않지만, 내 말을 어기지 않는 것만은 즐거워한다.'란 말이 있습니다. 물론 임금의 말이 좋은 말이므로 어기는 사람이 없다면 즐겁다 하여도 좋지 않겠습니까? 하지만 만일 그 말이 좋은 말이 아님에도 불구하고 어기는 사람이 없고, 또 그것을 즐기고 있다면, 그 한마디 말은 나라를 망하게 한다고 단정할 수 있지 않겠습니까?"

162) 덕과 말, 인(仁)과 용(勇)

"덕 있는 사람은 반드시 좋은 말을 하는데, 좋은 말을 한다고 반드시 덕 있는 사람이라고 할 수 없습니다. 인자에게는 반드시 용기가 있는데, 용기 있는 사람이 반드시 인하지 않습니다."

163) 큰소리치는 사람은 실천이 따르지 않는다

"함부로 큰소리치고도 부끄러워할 줄 모르는 사람은 처음부터 하려는 의지(意志)가 없으므로, 말한 것을 실천하기는 거의 힘들 것입니다."

164) 남을 비판할 겨를이 없다

①자공이 남의 장점과 단점을 잘 비교 논평하였다. 공자께서 말씀하셨다.

"사(賜)여, 그대는 훌륭하구려! 그러나 나는 사람을 비교 논평할 겨를이 없소."

　　　　① Ⅰ-13), Ⅰ-33), Ⅱ-253), Ⅱ-375) 참조.

165) 문장의 의의

"말과 문장은 의사가 잘 통하면 충분합니다. 과장과 수식을 피해야 합니다."

166) 지자(知者)는 실인(失人)도, 실언(失言)도 하지 않는다

"함께 말할 만한 사람을 만나서도 말하지 않는다면 좋은 사람을 놓칩니다. 함께 말할 만한 사람이 못 되는데, 말하게 되면 실언하게 됩니다. 지자는 함께 말할 때 말하여 좋은 사람을 잃지 않고, 말할 만하지 않을 때 입을 다물므로 실언하지 않습니다."

167) 말에는 도의(道義)가 따라야 한다

"여러 사람이 온종일 모여 있는데 화제가 한 번도
도의는 언급하지 않고, 잔꾀만을 피운다면 정말
⑦한심한 일입니다."

① II-91)과 비교할 것.

8. 행실

168) 의리, 약속, 예의, 존경

유자(有子)가 말하였다.

"의리에 맞는 약속이라면 말한 대로 실천해야 합니다. 예의에 맞는 존경이라면 치욕을 면할 수 있습니다. 따라서 가까이할 사람을 잃지 않아야 합니다. 그러면 이런 사람은 역시 ①종주(宗主)가 될 만합니다."

> ① 고대 중국에서 봉건 제후들 가운데 패권(霸權)을 잡은 맹주(盟主).

169) 지자(知者)는 어리석은 것 같다

"내가 ①안회와 같이 하루 종일 학문을 이야기하였으나, 시종 질문이나 의견 없이 묵묵하여, 마치 어리석은 사람 같았습니다. 그러나 물러간 뒤에 그의 생활을 보면, 내가 말한 참된 도리를 발전시켜 실천합니다. 안회는 어리석은 사람이 아닙니다."

> ① Ⅰ-56), Ⅰ-66), Ⅰ-67), Ⅱ-106), Ⅱ-114) 참조.

170) 사람을 보는 법

"사람을 볼 때 먼저 그 행위를 보고, 다음 그 행위의 원인과 동기를 보고, 다음 그 행한 것을 즐거워하는가 살피면, 그 사람의 진실을 모두 알 수가 있습니다. 어떻게 숨길 수 있습니까? 어떻게 숨길 수 있겠습니까?"

171) ①멍에 없는 수레와 같은 사람

"사람으로서 신의(信義)가 없다면, 그 사람을 좋다고 할 수 없습니다. 그것은 마치 멍에에 가로대가 없어서 굴러갈 수 없는 수레 같아서 사람으로서 처신할 수가 없습니다."

> ① (달구지나 쟁기의 채를 잡아매기 위하여)소나 말의 목에 가로 얹는 나무.

172) 조상 이외의 우상에게 절하지 말라

"마땅히 제사를 지내야 할 자기 조상의 영이 아닌데 제사 지내는 것은 아첨하는 것이며, 마땅히 해야 할 옳은 일인 줄 알면서도 하지 않는 것은 참된 용기가 없는 것입니다."

173) 근본 없는 사람에게서 무엇을 취하랴

"윗자리에 있으면서 백성을 너그럽게 대하지 않고, 예식을 행하면서 공경하지 않고, 부모상을 당해서도 슬퍼하지 않는 사람이라면 이런 사람에게서 취할 점이 무엇 있겠소?"

174) 인자(仁者)와 지자(知者)

"인하지 않은 사람은 괴로운 환경을 오래 참지 못하고, 머지않아 나쁜 짓을 하게 되지요. 또 순탄한 환경 속에서도 오래 즐거움을 누리지 못하며, 얼마 안 되어 교만과 사치에 흐릅니다. 인자는 인하게 사는 것을 편하게 여기고, 또 지자는 인하게 사는 것을 이롭게 여깁니다."

175) 인자의 곧은 마음

"오직 인자만이 공평한 태도로 사람의 좋은 일을 좋아할 수도 있고, 사람의 나쁜 일을 싫어할 수도 있습니다."

176) 사람이 이익만 알면, 원망을 받는다

"사람이 이익만 추구하면 남에게 해를 끼치고, 원망을 많이 사게 됩니다."

177) 욕심이 없어야 강직(剛直)할 수 있다

공자께서 어떤 사람에게 말씀하셨다.

"나는 아직 의지가 강직한 사람을 보지 못하였소."

어떤 사람이 말하였다.

"신정(申棖)이 그런 사람 아닙니까?"

공자 "아니오. 정은 욕심이 많은 사람인데 어찌 의지가 강직하다고 할 수 있겠소?"

178) 썩은 나무에는 조각(彫刻)할 수 없다

군자는 낮에 일해야 하는데, 재여(宰予)는 ①낮잠을 잤다. 공자께서 게으름을 꾸짖으셨다.

"썩은 나무에는 조각할 수 없고, 더러운 흙담은 흙손질할 수 없소. 이처럼 정신이 썩은 재여 같은 사람은 꾸짖을 여지가 없소."

그런데 공자께서는 재여가 평소에 말을 잘하였으므로 말만으로 사람됨을 알 수 없다 생각하시고 말씀하셨다.

"전에 나는 사람을 대할 때 말하는 것을 듣고서 행동도 그와 같으리라고 믿었는데, 이제는 말하는 것을 들을 뿐 아니라, 믿기에 앞서 그의 실천을 살핀 다음에야 믿겠소. 재여 같은 사람의 행동을 보고 사람 보는 법을 이렇게 고쳤소."

> ① 단순한 낮잠이 아니라, 침실에서 그림을 그리
> 는 예를 거스르는 행위를 하였다는 사람이 있다.
> 낮잠이 아니라 어떤 특별한 사정이 있었던 것 같
> 다.

179) 자공의 염원(念願)

자공이 공자께 말하였다.

"남이 나에게 시키는 것이 좋지 않게 생각되는 것
이라면 나도 남에게 시키지 않겠습니다."

공자께서 말씀하셨다.

"사(賜)여, 그것은 그대가 쉽게 할 수 있는 일이
아니오."

180) 분에 넘치는 행위는 지자(知者)가 할 일이 아니다

"세상 사람들은 ①장문중(臧文仲)을 지자라고 하는
데, 분에 넘치게도 제후가 아니면 가질 수 없는
거북을 자기 집에 간직해 두고, 또 자기 집에 천
자의 묘당처럼 집 기둥머리에 산 형상을 새기고,
서까래에는 무늬를 놓았습니다. 어떻게 그를 지
자라고 하겠습니까?"

> ① 성은 장손(臧孫), 이름은 신(辰), 자는 중(仲),

문은 시호이다. 노나라 대부로 삼환의 세력이 크기 전에 대부로 활약하였다.

181) 정직한 사람

"누가 미생고(微生高)를 정직한 사람이라고 하였습니까? 정직한 사람은 있으면 있다, 없으면 없다고 할 것입니다. 어떤 사람이 그에게 식초를 꾸러 갔더니, 이웃집에서 꾸어다가 주었습니다. 이런 사람을 어떻게 정직하다고 하겠습니까?"

182) 두 가지 부끄러운 일

"듣기 좋고 재치 있는 말을 잘하고, 남의 눈에 잘 드는 얼굴을 하고, 환심을 사기 위해 겸손을 가장하는 사람을 내 선배인 좌구명(左丘明)은 부끄러워하였는데, 나도 그런 일을 부끄럽게 여깁니다. 마음에 원한을 품고도 그 사람과 친구처럼 사귀는 것을 좌구명은 부끄러워하였는데, 나도 그런 일을 부끄럽게 여깁니다."

183) 겸용(謙勇)의 덕

"노나라 대부 ①맹지반(孟之反)은 자기 공로를 자랑하지 않는 사람이었소. 제나라와 전쟁하다가 패하여 달아날 때, 먼저 앞장서지 않고 군대 뒤에

떨어져서 적병을 막아 싸웠소. 그리고 노나라 성
문으로 들어올 때, 자기가 탄 말에 채찍질하며 말
하였소. '내가 일부러 뒤에 떨어져 싸운 것이 아
니라, 말이 빨리 달리지 않으니 앞서 달릴 수가
없었소.'"

① 노나라 사람, 이름은 측(側), 지반은 자이다.

184) 지(知)와 인(仁)

번지가 공자께 지에 대하여 물었다. 공자께서 말
씀하셨다.

"사람이 마땅히 하여야 할 의를 힘쓰고, 귀신을 공
경하면서도 멀리하면 지자라 할 수 있소."

번지가 말하였다.

"①인은 어떤 것입니까?"

공자 "어려운 일을 먼저 한 뒤에 효과를 얻는다면
인자라고 할 수 있소."

① II-138), II-185), II-298), II-361) 참조.

185) 지자(知者)는 물을 좋아하고, 인자(仁者)는 산을 좋아한다

"지자는 물을 좋아하고, 인자는 산을 좋아합니다.
지자는 동적(動的)인 물과 같고, 인자는 정적(靜

的)인 산과 같습니다. 지자는 사리에 밝아 흐르는 물과 같이 막히는 데가 없으므로 물을 즐거워하고, 인자는 경거망동(輕擧妄動)하지 않아 산과 같이 움직이지 않으므로 산을 즐거워합니다. 따라서 지자는 물과 같이 움직이므로 즐겁고, 인자는 산과 같이 고요히 있으므로 장수(長壽)를 누립니다."

186) 인(仁)하지 않으면 사람답지 않다

"①본래 모가 난 술그릇을 고(觚)라 하였는데, 지금 술그릇은 모가 나지 않았으니, 고가 고답지 않소. 어찌 고라 하겠소?"

> ① 임금이 임금의 도에서 벗어나면 임금답지 않고, 사람이 인하지 않으면 사람답지 않다는 말과 비교할 것.

187) 중용(中庸)의 덕

"사람이 도덕으로서 지나치거나 모자람이 없는 중용의 덕은 지극합니다. 그러나 이미 오랫동안 그 덕을 실행하는 사람이 적으니 통탄할 일입니다."

188) 진퇴(進退)의 길

공자께서 안연에게 말씀하셨다.

"임금이 인정하여 등용한다면 도를 세상에 행하고,

등용하지 않으면 이 도를 한몸에 간직하여 홀로 선(善)을 하오. 이것은 나와 그대만이 실천할 수 있소."

자로가 이 말을 듣고 물었다.

"선생님께서 만일 삼군을 통솔하시게 되면 누구와 같이 행군하시겠습니까?"

군사(軍事)의 일이라면 용기 있는 자신이 있어야 하리라 믿는 마음이었다.

"아, 맨주먹으로 범을 때려잡고, 맨발로 황하(黃河)를 건너가다가 죽는 일이 있을지라도 뉘우칠 줄 모르는 사람과는 함께 가지 않겠소. 반드시 싸울 때는 삼가며, 미리 계획을 잘 짜서 성공하는 사람이라야 함께 가겠소."

189) 부(富)와 의(義)

"만일 재산을 구할 수 있다면, 비록 마부 노릇이라도 하겠지만, 구할 수 없다면 내가 좋아하는 ①의리를 따르겠습니다."

       ① II-24) 참조.

190) 인은 가까운 데 있다

"인은 사람에게서 멀리 떨어져 있는 걸까요? 우리

가 하려고 한다면 바로 가까이에 있습니다."

191) 도를 실천하기는 어렵다

"학문이라면 남만큼 할 수 있다고 생각하나, 군자
의 도를 실천하는 것은 아직도 쉽게 할 수가 없
구려."

192) 차라리 고루(固陋)한 것이 낫다

"지나치게 사치하면 교만해지고, 지나치게 인색하
면 고루하게 됩니다. 중용을 잃는 것은 좋지 않
은데, 교만해지기보다는 차라리 ①고루한 것이 낫
습니다."

　　　　① II-228) 참조.

193) 교만과 인색

"만일 주공과 같이 훌륭한 재능이 있다 할지라도,
그가 교만하고 또 인색하다면 그 밖의 것은 보잘
것없습니다."

194) 후배를 두려워하라

"후배인 청년들을 두려워해야 합니다. 그들이 스스
로 노력한다면 그들의 장래가 오늘의 나만 못하

리라고 단언할 수 있습니까? 그렇지만, 실력이 없어서 4, 50세가 되었는데 이름이 나지 않는다면, 그런 사람은 두려울 것이 없습니다."

195) 지(知)·인(仁)·용(勇)

"지자(知者)는 의리에 밝으므로 미혹하지 않고, 인자(仁者)는 의리를 따르고 사사로운 욕심이 없으므로 근심하지 않고, 용자(勇者)는 과감하게 단행하므로 두려워하지 않습니다."

196) 사람이 귀하다

공자의 집 마구간이 불에 탔다. 공자가 조정에서 물러 나와 집으로 돌아와 물으셨다.
"사람은 다치지 않았소?"
그리고 말에 대해서는 묻지 않으셨다.

197) 중용

자공이 공자께 물었다.
"자장과 자하는 누가 뛰어납니까?"
공자께서 말씀하셨다.
"자장은 지나치고, 자하는 미치지 못하오."
자공 "그러면 자장이 뛰어납니까?"

공자 "지나친 것은 미치지 못하는 것과 같소. ①중용이 소중하오."

　　　① II-187) 참조.

198) 염구(冉求)의 인품

노나라 대부 ①계손씨(季孫氏)는 주공보다 호화로운 생활을 하였다. 그런데 공자의 제자 염구는 계씨의 집사로 있으면서 그 잘못을 바로잡지 않고, 오히려 세금을 많이 받아 재산을 늘이고 있었다. 공자께서 말씀하셨다.

"염구는 내 제자가 아니구려! 젊은이들이여, 그대들은 북을 울리면서 그를 성토(聲討)해도 괜찮소!"

　　　① 노나라 삼환(三桓)의 하나로 세력이 가장 커서, 전국의 반을 차지하였다고 한다.

199) 자로(子路)의 결단성

공자께서 말씀하셨다.

"단 한마디로 소송 사건을 판결하고 사람을 납득시킬 수 있는 사람은 오직 자로 한 사람뿐이오."
자로는 한번 승낙한 것을 내일까지 미루는 일이 없었다.

200) 착한 사람이란?

자공이 공자께 물었다.

"①마을 사람들이 모두 좋아하면 그 사람은 좋은 사람이라고 할 수 있습니까?"

공자께서 말씀하셨다.

"아직 좋은 사람이라고는 할 수 없소. 마을 사람들이 좋아하는 일을 일부러 하는 사람도 있으니까 말이오."

자공 "그러면 마을 사람들이 모두 그 사람을 미워하면, 그 사람은 오히려 좋은 사람이라고 할 수 있습니까?"

공자 "아직 그렇게 말할 순 없소. 마을 사람이 모두 미워한다면 좋은 사람은 아닐 거요. 마음 착한 사람이 그를 좋아하고, 몹쓸 사람들이 미워하는 사람이라면 좋은 사람이라고 할 수 있소."

　　　① II-370) 참조.

201) 인(仁)에 가까운 사람

"사람이 ①의지가 강직하고, 기품이 과감하고, 성격이 ②질박(質樸)하고, 말이 서투르면 인이라 하기 힘들지만 ③인에 가깝습니다."

　　　① II-177) 참조.
　　　② 질박(質朴). 꾸밈이 없이 수수함.
　　　③ II-160) 참조.

202) 수치(羞恥)스러운 일

원헌(原憲)이 공자께 물었다.

"수치란 무엇입니까?"

공자께서 말씀하셨다.

"도의가 있는 나라에서 하는 것 없이 녹을 먹고, 도의가 없는 나라에서도 지조 없이 녹을 먹는 것이 ①수치스러운 일이오."

　　　　① II-281) 참조.

203) 네 가지 정(情)의 극복

원헌이 또 공자께 물었다.

"사람은 남을 이기는 것을 좋아하고, 자기 공로를 자랑하고, 남의 탓을 잘하고, 욕심을 잘 내는 네 가지 정이 일어나기 쉬운데, 그것을 누르고 행하지 않는다면 인이라 할 수 있습니까?"

공자께서 말씀하셨다.

"그렇게 하기가 어렵다고는 할 수 있는데, 인이라고 할 수 있는지는 모르겠소."

204) 완성된 인격자

자로가 완성된 인격자에 대하여 물었다. 공자께서

대답하셨다.

"노나라 대부 장무중(臧武仲)과 같은 지혜와, 노나라 대부 맹공작(孟公綽)과 같은 청렴결백과, 노나라 변읍(卞邑)의 대부가 된 장자(莊子)의 용맹과, 염구의 다채로운 예능을 겸비하고, 그것을 예로 알맞게 조절하고 음악으로 고르게 한다면 완성된 인격자라 할 수 있소.

그러나 지금 세상에서는 완성된 인물이라고 해서 그러한 이상적인 완전한 인물을 구할 수 있겠소? 이익을 보고는 의리에 맞는지 생각하고, 생명을 버려야 할 때는 깨끗이 한목숨을 바치고, 약속이 있다면 그때 말한 것을 잊지 않고 실행할 수 있는 인물이라면 완성된 인물이라 해도 좋겠지요."

205) ①공숙문자(公叔文子)의 인품

공자가 위나라 공숙문자의 인품을 공명가(公明賈)에게 물었다.

"정말이오? 대부 공숙은 말도 하지 않고, 웃지도 않고, 남이 주는 것도 받지 않는다는 평이 있는데?"

공명가가 말하였다.

"사람들의 그런 말은 너무 지나친 점이 있습니다. 그분은 말해야 할 때 하므로, 다른 사람이 그 말

을 싫어하지 않고, 진심으로 즐길 만한 뒤에 웃으
므로 사람들이 그 웃음을 싫어하지 않고, 의리를
받을 만한 때 받으므로 사람들이 물건을 받는 것
을 싫어하지 않습니다."

공자께서 말씀하셨다.

"그래요, 정말 그럴까요?"

> ① 그의 전기(傳記)는 잘 알 수 없으나 훌륭한 사
> 람인 것 같다. Ⅱ-363) 참조.

206) 원수를 정직한 마음으로 갚으라

어떤 사람이 공자께 물었다.

"원수를 덕으로 갚는다면 어떻습니까?"

공자께서 말씀하셨다.

"원수를 덕으로 갚는다면 덕은 무엇으로 갚겠소?
원수는 공평무사한 정직한 마음으로 갚고, 덕은 덕
으로 갚아야 하오."

207) 원양(原壤)의 교만

공자의 친구 원양이 교만하게 걸터앉아서 공자가
오기를 기다리고 있었다. 공자께서 말씀하셨다.

"자네는 젊었을 때부터 어른에 대한 겸손과 존경
을 몰랐고, 자라서는 무엇 하나 칭찬할 만한 선을

행한 일도 없고, 또 이미 늙어서 죽지도 않고 남을 괴롭히는군. 자네야말로 풍속을 해치는 도둑일세."

그리고는 가지고 있던 지팡이로 그의 정강이를 쳤다.

208) 말과 행위

자장이 공자께 물었다.

"어디서나 뜻을 이룰 수 있는 행위는 어떻게 해야 합니까?"

공자께서 말씀하셨다.

"말은 충성스럽고, 믿음이 있어야 하며, 행위는 독실하고 존경을 받을 만해야 하오. 그러면 오랑캐 나라에 갈지라도 뜻을 이룰 수 있습니다. 그러나 그렇지 않으면 비록 자기 고장이라도 아무 일도 이룰 수 없소. 이 말을 마음속에 새겨두어 서 있을 때는 앞에 씌어 있는 듯이 생각하고, 수레 안에 있을 때는 멍에가 머리에 씌어 있는 듯이 생각한 연후에야 행할 수 있어야 하오."

자장은 크게 기뻐하여 이 두 마디 말을 큰 띠에 써서 금언으로 삼았다.

209) 자기를 희생하여 인을 이루다

"지자(知者)와 어진 이는 살기 위하여 인을 버리는 일을 하지 않습니다. 오히려 자기 몸을 희생해서라도 인을 이루는 경우가 있습니다. 생명도 소중하지만, 인이 생명보다 더 소중하기 때문입니다."

210) 스스로 구하지 않는 사람

"스스로 깊이 이 일을 어떻게 할까 생각하여 해결을 구하지 않고, 이 일을 어떻게 할까 하고 근심만 하는 사람은 나도 ①어찌할 도리가 없소."

    ① II-125)와 비교할 것.

211) 순직(純直)의 도

"사람을 대할 때 누구를 훼방하거나 예찬하겠습니까? 자기가 미워하거나 사랑하는 까닭에 훼방, 예찬해서야 되겠습니까? 만일 누구를 예찬했다면 칭찬할 만한가 잘 살펴야 할 것입니다. 훼방할 경우도 마찬가지입니다. 이처럼 훼방이나 칭찬을 삼가는 까닭은 지금의 백성들도 하(夏)·은(殷)·주(周) 3대 백성들과 같이 순직한 도를 행하고 있기 때문입니다."

212) 의심스러운 부분은 ①망조(妄造)하지 말라

"전에 조정의 사관(史官)은 역사적 사실을 기록할 때, 조금이라도 의심스러운 사건이 있으면 후세에 잘못 전할까 하여 빼고 기록하지 않았고, 후대의 식자(識者)를 기다렸습니다. 또 자기가 말을 잘 부릴 수가 없을 때는 말을 잘 다루는 사람의 힘을 빌려 조련하였습니다. 이처럼 모든 일을 전에는 착실하게 하였는데, 요즈음은 그런 성실성이 없어졌습니다. 참 한심한 일이지요."

① 망령되게 조작하다.

213) 작은 일을 참지 못하면 큰일을 이룰 수 없다

"①입으로만 좋은 말을 꾸미는 것에는 내용이 따르지 않으므로 도덕과 정의를 어지럽히고, 작은 일을 참지 못하면 큰 계획을 어지럽히고, 큰일을 이룰 수 없습니다."

① II-148) 참조.

214) 인(仁)은 스승에게도 사양할 필요가 없다

"인을 행할 때는 스승에게도 사양할 필요가 없습니다. 먼저 해도 좋습니다."

215) 유익과 해를 주는 세 가지 즐거움

"유익을 주는 즐거움이 세 가지, 해를 주는 즐거움이 세 가지 있습니다. 예의와 음악을 알맞게 즐기고, 남의 좋은 점 말하기를 즐기고, 어진 벗이 많음을 즐기는 것, 이것이 유익을 주는 세 가지 즐거움입니다. 뽐내며 욕심을 멋대로 채우는 것을 즐기고, 안일한 놀이를 즐기고, 주색에 빠져 음탕하게 즐기는 것, 이것이 해를 주는 세 가지 즐거움입니다."

216) 백성은 부귀가 아니라 덕을 찬양한다

"제나라 ①경공(景公)은 말 4천 마리를 가질 만큼 부귀를 누렸으나, 그가 죽었을 때 백성은 누구 하나 그의 덕을 칭찬하는 사람이 없었소. ②백이·숙제는 수양산(首陽山)에서 의를 위하여 굶어 죽었으나, 백성들이 지금까지 그 덕을 칭찬하고 있습니다. '사람이 칭찬함은 부귀가 아니라 남다른 덕이로다!'라고 하였는데, 경공과 백이·숙제를 가리킨 말이 아니겠습니까?"

① 58년 동안 왕으로 있었는데, 많은 세금을 거둬들이고, 중벌을 내려 백성의 신임을 잃었다. II-369) 참조.

② II-25) 참조.

217) 인(仁)은 다섯 가지를 이룬다

자장이 공자께 인을 물었다. 공자께서 말씀하셨다.
"다섯 가지를 천하에 행할 수 있도록 하는 것이
인이요."
자장이 물었다.
"다섯 가지가 무엇입니까?"
공자 "공경, 관후, 진실, 민첩, 은혜요. 공경은 자
기 몸에 가지는 덕으로, 윗사람이 스스로 삼가 공
경한다면 남의 모욕을 받지 않소. 관후는 윗사람
의 덕으로, 너그러우면 민심을 얻소. 진실은 사람
과 사귀는 덕으로, 믿음이 있으면 백성의 신임을
받소. 민첩은 일에 대처하는 덕으로, 민활하게 일
한다면 일에 성공하오. 은혜는 사랑의 덕으로, 이
웃 사람에게 은혜를 베풀면 백성을 잘 다스릴 수
있소."

218) 가식(假飾)된 소인(小人)

"얼굴이나 외모는 엄숙하게 꾸미고 있지만, 내면
은 유약 비겁하여 벌벌 떨고 있는 사람을 보잘것
없는 소인과 비유하면, 그것은 벽을 뚫고 담을 넘

는 도둑과 같습니다."

219) 세속에 아부(阿附)하는 도둑

"교양과 식견이 낮은 시골 사람들에게 근엄하다는 칭찬을 받는 사람은, 인기를 얻고자 세속에 아부하는 사람이며 덕을 해치는 도둑입니다."

220) 비열한 사람들

"비열하고 이상이 없는 사람들과 함께 임금을 섬길 수 있겠습니까? 그런 사람들은 지위나 부귀를 얻기 전에는 어떻게 하면 얻을까 그것만 걱정하고, 이미 얻고 나면 이제는 그것을 잃을까 걱정합니다. 그리하여 얻은 것을 잃지 않으려고, 그 지위를 지키기 위해서는 수단 방법을 가리지 않고, 파렴치하게 무슨 짓이나 할 것입니다."

221) 무위도식(無爲徒食)하지 말라

"배불리 먹고, 종일토록 마음 쓰는 일 없이 멍하니 지낸다면, 사람 구실 하기는 어렵소. 세상에는 장기와 바둑이 있지 않소? 그다지 좋은 오락은 아니지만, 시간 소비를 위한 승부라도 좋지요. 그저 멍하니 지내기보다는 낫지요."

222) 볼 장 다 본 사람

"나이가 40이면 사리를 분별할 만한 나이인데, 아무 선행도 없고, 세상의 미움을 받는다면 그 사람은 볼 장 다 본 사람입니다."

223) 타락한 세상에서의 처세

유하혜(柳下惠)가 노나라의 옥관(獄官)에서 으뜸인 재판관이 되어 세 번 취임하고 세 번 면직되었다. ①어떤 사람이 그에게 말하였다.

"당신은 세 번씩 면직되는 불행을 겪고도 이 나라를 떠날 수가 없나요?"

유하혜가 말하였다.

"제가 면직된 것은 정당하게만 봉직하였기 때문입니다. 지금은 어지러운 세상이라, 어디를 가든지 옳은 일을 하면 자주 면직될 것 아닙니까? 또 도를 버리고 부정(不淨)을 하고 벼슬한다면 어디서든 자리를 얻을 수 있지 않겠습니까? 그러니 부모의 나라인 노나라를 떠날 필요가 있겠습니까?"

① II-364) 참조.

224) 자장(子張)의 단점

증자가 말하였다.

"기세 당당한 자장의 모습이여! 그러나 우쭐대고 겉만 꾸미니 그를 도와 인을 할 수도 없고, 남이 인을 하는 데 도움을 줄 수도 없구려."

225) ①백이(伯夷)·숙제(叔齊)는 과거의 잘못을 잊었다

"백이·숙제는 결백한 성격으로 악한 사람과 말도 하지 않았으나, 사람을 미워한 것이 아니요, 악을 미워하였습니다. 또 잘못한 점을 고치면 과거의 잘못을 잊고 기쁘게 대하였으므로 그를 원망하는 사람이 적었습니다."

　　　　① Ⅰ-26), Ⅱ-25) 참조.

9. 예절의 여러 형태

226) 예절로 조절한다

"공손한 것은 좋으나, 예절이 없으면 초라해 보이고, 일할 때 삼가는 것은 좋으나, 예절에 맞지 않으면 겁쟁이가 되고, 용기가 있는 것은 좋으나, 예절로 조절하지 않으면 난폭하게 되고, 정직한 것은 좋으나, 예절이 없으며 ①박절(迫切)하게 됩니다."

① 인정이 없고 매몰스럽다.

227) 흰 바탕이 마련된 뒤에 색칠한다

①자하가 공자께 물었다.

"'방긋 웃는 입맵시 사랑스럽고, 반짝이는 눈맵시 아름답네. 하얀 바탕에 붉은 무늬 놓았네.'라는 말이 있는데 무엇을 말한 것입니까?"

공자께서 말씀하셨다.

"그림으로 말하면 흰 바탕 위에 색칠한다는 뜻이오. 사람도 먼저 얼굴 바탕이 잘생긴 데다 화장을 하라는 거요."

자하 "그러면 먼저 사람이 성실한 뒤에 예가 있어야 한다는 말씀입니까?"

공자 "내 마음을 잘 아는구려! 자하야말로 진정 함께 시를 말할 만하오."

　　① 공자의 제자 중 예악의 연구로 제1인자였다.

228) 예의 근본

①임방(林放)이 공자께 물었다.

"예의 근본은 무엇입니까?"

공자께서 말씀하셨다.

"좋은 질문이오. 예는 사치스러운 것보다는 차라리 검소한 것이 좋고, 상례(喪禮)는 화려한 의식보다는 마음에서 우러나 슬퍼하는 것이 중요하오. 형식보다 성실이 ②예의 근본이오."

　　① 노나라 사람.
　　② II-14), II-173) 참조.

229) 예악은 인을 떠날 수 없다

"사람이 인하지 않으면 예절을 알아 무엇하며, 사람이 인하지 않으면 ①음악을 알아 무엇하겠소?"

　　① 악(樂)은 시나 노래하면서 춤추는 것, 즉 진심에서 우러나는 기쁨의 표현. 입에서 나오는 노래, 몸짓으로 나타내는 춤.

230) 예의는 임금보다 중하다

"미개한 오랑캐 나라에도 임금이 있는데, 임금이 없으나 예의가 있는 ①중국만은 못합니다."

> ① 이와 반대로 보는 사람이 있다. 즉 '미개한 오랑캐는 임금이 없을지라도 예가 있다. 임금이 있으나 예가 없는 중국보다 낫다.'라고 해석한다.

231) 소송이 없는 나라

"소송을 듣고, 바른 판단을 하는 것은 나도 다른 사람처럼 하겠지만, 내가 간절히 바라는 것은 백성들 간에 예의가 있어서 소송하지 않는 것이오."

232) 임금을 섬기는 예

공자께서는 임금이 음식을 내리시면 반드시 자리를 바로잡고 앉아서 받으셨다. 임금이 날고기를 주시면 반드시 익혀서 조상의 영(靈)께 드렸다. 임금이 산 짐승을 주시면 반드시 기르셨다. 임금을 모시고 식사할 때는 임금이 조상에게 술을 올리는 사이에 임금을 위하여 먼저 음식 맛을 보셨다. 병이 났을 때 임금이 병문안을 오시면 동쪽으로 머리를 향하여 임금이 남쪽을 향하게 하셨고, 조복(朝服)을 침구 위에 놓고 그 위에 큰 띠를 두르셨다. 임금이 부르면 수레 준비를 기다리지 않고, 먼저 가시다가 수레가 따라오면 타셨다.

233) 신분에 따른 인사

공자께서는 조정에서 임금이 나오시기 전, 지위가 낮은 대부와 말할 때는 강직하셨고, 지위가 높은 대부와 말할 때는 온화한 빛을 띠셨다. 임금이 조정에 나오시면 깊이 삼가고 지극히 공경하는 태도를 하셨으나 예에 맞는 여유를 잃지 않으셨다.

234) 출퇴(出退)의 예

공자께서는 대궐 문을 들어갈 때는 몸을 굽히고 삼가 두려운 듯하셨고, 문에 멈출 때는 가운데는 임금이 다니는 길이므로 피하시고, 또 문지방을 밟지 않고 지나가셨다. 임금이 나와 서시는 자리가 비어 있을지라도 얼굴빛을 긴장하시고, 빨리 걷고 큰 소리나 많은 말을 하지 않아서 마치 말이 모자라는 것 같았다. 임금이 있는 대청에 올라갈 때는 옷자락을 잡고, 몸을 굽히고 숨을 죽인 듯하셨다. 임금 앞을 물러 나와 계단에서 내려오면 얼굴빛이 풀려 화기를 띠셨다. 계단을 내려오면 총총걸음으로 돌아가셨는데 공경스러웠다.

235) 이름 부르는 예

"제후의 아내를 제후 자신이 부를 때는 부인이라 부르고, 부인이 제후에 대하여 자기를 소동(小童)이라 합니다. 백성은 군부인(君夫人)이라 부르고 다른 나라에 대하여 자기를 말할 때는 과소군(寡小君)이라 합니다. 다른 나라 사람이 제후의 아내를 부를 때는 군부인이라 부릅니다."

236) 국빈(國賓)을 맞는 예

공자께서는 임금의 명으로 국빈 대접하는 일을 맡으면 얼굴빛을 엄숙히 바꾸고 긴장하여 발끝으로 소임을 다하셨다. 그리하여 손님을 대문 밖에 서서 맞이하는데, 같은 접대하는 사람에게 인사하기 위하여 읍할 때 손이 좌우를 향하여 움직였으나 옷의 앞뒤가 단정하셨다. 임금과 손님의 거동을 따라 총총걸음으로 걸을 때는 양쪽 소매가 날개처럼 되어 보기 좋았다. 손님이 예를 마치고 물러가면 대문 밖으로 전송하고 반드시 임금께 나아가 복명(復命)하셨다.

"손님은 만족하여 돌아보지 않고 가셨습니다."

237) 외교관으로서의 몸가짐

임금의 사신으로 이웃 나라에 가시면 ①홀(笏)을 두 손으로 잡고 몸을 굽히고 나아가시는데, 홀이 힘에 겨운 듯하시고, 홀을 아래로 움직일 때 위로 들면 읍할 때 두 손을 가슴에 둘만큼 높았고, 아래로 내리면 물건을 줄 때처럼 낮았다. 그때 너무 긴장하여 얼굴빛이 변하여 떠는 듯하고, 걸음을 사뿐사뿐 걸으셨다. 임금이 보내는 예물을 올리는 예를 하면 그때는 화색을 띠셨다. 여기서 사신으로 공식 예는 끝나는데, 그 후 사사로이 예물을 올리고 만날 때는 더욱 희열의 빛을 띠셨다.

① 왕조 때, 벼슬아치가 임금을 만날 때 조복(朝服)에 갖추어 손에 쥐던 패. '홀기(笏記)'의 준말.

238) 문안에 관한 예

외국에 사신을 보내 문안할 때, 두 번 절하고 사신을 전송하셨다. 노나라 대부 계강자(季康子)가 병문안하며 약을 보냈다. 공자께서는 앓고 있었으나 절하고 받고, 사신에게 솔직히 말씀하셨다. "아직 이 약이 제 병에 맞는지 알 수 없으므로 감히 맛볼 수 없습니다."

239) 자리에 앉는 예

자리를 바로잡고 앉는 것이 예이므로, 자리를 바르게 깔지 않으면 앉지 않으셨다.

240) 이웃간의 예

마을 사람이나 동네 사람과 잔치할 때 나이든 어른이 자리를 떠나야 그 뒤를 따라 물러 나와 경의를 잃지 않으셨다. 마을 사람이나 동네 사람과 역귀(疫鬼) 쫓는 의식을 할 때는 대부의 예복을 입고, 동쪽 계단에 서서 참가하고 옛 예의를 따르셨다.

241) 복장의 예

공자의 복장은 예의에 맞았다. 연보라색이나 꽃자주색은 제복이나 상복 색이므로 그 빛깔의 옷감으로 소맷부리나 동정 깃을 만들지 않으셨다. 붉은색이나 자주색은 간색(間色)이 아니므로 평복을 만들지 않으셨다. 여름 더울 때는 속에 베옷을 입어 살을 가리고 칡옷을 입으셨다.

검은 무명옷에는 검은 염소 가죽의 갓옷을 입으

셨고, 흰옷에는 흰 사슴 가죽의 갖옷을 입으셨고, 누런 옷을 입을 때는 누런 여우 가죽 갖옷을 입으셨다. 위아래가 같은 색이었다.

평상시에 입으시는 갖옷은 따뜻하도록 예복보다 조금 길었고, 오른쪽 소매를 조금 짧게 하여 편리하게 하셨다. 주무실 때는 길이가 키보다 반쯤 더 긴 잠옷을 입으셨다. 평소에는 여우나 담비 가죽으로 만든 두꺼운 갖옷을 입으셨다.

상중(喪中)이 아니면 옥이나 패물을 차셨다. 조회나 제사 때 입는 통바지가 아니면 반드시 단을 꿰매어 입으셨다. 검은색은 기쁜 일 때 사용하므로 검은 염소 가죽으로 만든 갖옷을 입거나, 검은색 관을 쓰고 조문(弔問)하지 않으셨다. 대부 자리를 내놓고도 매월 초하룻날에는 반드시 조복(朝服)을 입고, 임금께 인사하러 가셨다.

242) 수레에서의 예

수레를 탈 때는 바르게 서서 수레 고삐를 잡고 헛디디거나 주춤거리지 않도록 침착하게 타셨다. 수레 안에서는 여기저기 휘둘러 보지 않았고, 말을 빨리하거나 손가락으로 여기저기를 가리키지 않으셨다.

243) 평소의 예의범절

잘 때는 죽은 사람처럼 팔다리를 펴고 엎드리지 않으셨다. 평소 집에 계실 때는 용모를 너무 엄하게 가지지 않으셨다. 상복(喪服) 입은 사람을 만나면 친한 사이라도 안색을 바꾸셨다. 의관(衣冠)에 예복을 입은 사람이나 맹인(盲人)을 만나면 친한 사이라도 반드시 예를 갖추고 경의를 나타내셨다. 수레를 타고 가다가 상복 입은 사람을 만나면 수레 앞 가로대를 잡고 머리를 숙이셨다. 또 상복에 관계하는 사람을 만나도 똑같이 하셨다. 훌륭한 음식이 나오면 얼굴빛을 바꾸고 일어나 주인에게 사례하셨다. 우렛소리나 강한 바람이 일어나면 하늘의 뜻을 두려워하는 마음으로 얼굴빛을 바꾸셨다.

244) 사람에 대한 예

공자께서는 상복 입은 사람이나, 예모(禮帽)를 쓰고 예복을 입은 사람이나, 음악을 다루는 맹인(盲人)을 만날 때는 비록 나이가 젊더라도 반드시 서서 상복 입은 사람에게는 동정을, 예복 입은 사람에게는 경의를, 맹인에게는 동정을 나타내셨다.

또 그 앞을 지날 때는 조금 빨리 걸어 경의를 나타내셨다.

245) 맹인 악관(樂官)을 대하는 예

맹인 악관 면(冕)이란 사람이 공자를 방문한 일이 있었다. 공자는 손수 맞이하고 안내하여 문 앞 계단에 이르렀을 때는,

"계단입니다."

하고 주의하고, 방안으로 들어와 앉을 자리에 오자,

"여기가 자리입니다."

하고 손님을 앉게 하셨다. 모두 앉은 다음에는 공자께서는,

"아무개가 여기 있고, 아무개가 여기 있습니다."

하고 악관 면에게 일일이 소개하셨다.

악관 면이 돌아간 후 자장이 공자께 물었다.

"그렇게 하시는 것이 맹인 악관과 말하는 도리입니까?"

공자께서 말씀하셨다.

"그렇다네. 그것이 눈이 자유롭지 못한 악관을 돕는 예라네."

246) 도리에 맞는 예

"베로 만든 관을 쓰는 것이 본래의 예인데, 만들기 힘들고 비용이 들므로 요새는 굵은 실로 만든 것을 쓰므로 검소하게 되었소. 옛 예의는 아니지만, 나도 모든 사람을 따라가겠소.

신하가 임금에게 당(堂) 아래에서 절하는 것이 본래의 예인데, 요새는 당 위에서 예를 하게 되었으니 신하로서 거만한 태도요. 비록 여러 사람과 다를지라도 나는 당 아래에서 예를 하겠소."

247) 예악은 어울려야 한다

노나라의 ①세 대부 집안에서 조상의 제사가 끝난 뒤, 외람되게도 천자가 사용하는 《시경》 주송(周頌) 옹(雍)의 가사로 음악에 맞추어 제기(祭器)를 정리하였다. 공자께서 그 잘못을 비난하셨다.

"옹의 시 한 구절에 '②제사할 때 제후들의 도움을 받는 천자의 모습 성스러워라.' 하였소. 이 시의 뜻이 말하듯, 이 노래는 대부의 묘당에 쓸 수가 없는 거요. 예를 거스른 외람된 것이오."

① 맹손씨(孟孫氏)·중손씨(仲孫氏)·계손씨(季孫氏).

② '상유벽공 천자목목(相維辟公 天子穆穆)'.

248) 예악에는 등급이 있다

공자께서 노나라 대부 계씨(季氏)를 평하셨다.

"천자만이 할 수 있는 ①팔일무(八佾舞)를 대인 계씨가 외람되게 자기 집 뜰에서 하게 하였소. 그런 외람된 짓을 태연히 하다니, 무슨 일이든 못할 일이 있겠소? ②반역도 서슴지 않을 것이오."

> ① 나라의 큰 제사 때 추는 춤으로, 64명을 8열로 정렬하였다.
>
> ② 계손씨는 임금 소공(昭公)을 몰아냈다.

249) ①관중은 작은 그릇이다

공자께서 평하셨다.

"관중은 인물이 너무 작은 그릇이오."

어떤 사람이 물었다.

"관중이 검소하다는 말입니까?"

공자 "관중이 여자를 ②셋이나(삼귀三歸란 대臺 이름이라는 설도 있음) 데리고 있었고, 또 그 가신(家臣)에게는 겸직(兼職)시키지도 않았소. 그런 사치한 생활을 검소하다고 할 수 있겠소?"

어떤 사람 "그러면 관중은 예를 압니까?"

공자 "제후라야 병풍을 문 안에 치고 가리는데, 관중도 그 흉내를 냈고, 대부에 지나지 않는 몸으로

병풍을 치고 안을 가렸소. 또 제후가 친목을 위
하여 연회를 베풀 때 동쪽과 서쪽에 술잔을 놓는
반점(反坫)을 사용하는 법인데, 관중도 그렇게 하
였소. 관중이 예를 안다면 누군들 예를 모르겠소?"

① II-33), II-34) 참조.
② 세 명이 돌아가고 한 명이었다는 설.

250) 제사 지낼 때의 몸가짐

제사에 앞서 목욕재계(沐浴齋戒)하고 깨끗한 베
옷을 새로 지어 입으셨다. 또 재계할 때, 반드시
음식을 바꾸어 파와 부추 같은 냄새 나는 것을
사용하지 않으셨다. 계시는 장소도 평소와 다른
곳으로 자리를 옮기셨다.

251) 성의가 없는 제사는 무의미하다

"①체제(禘祭)는 본래 노나라의 제후가 할 수 있는
제사가 아니오. 더욱이 술을 따르며 신을 맞이한
뒤에는 성의가 없으므로 차마 볼 수가 없었소."

① 체제에는 시제(時祭) · 은제(殷祭) · 대제(大祭) 세
가지가 있는데, 왕만이 지낼 수 있는 제사이다.

252) 제사는 다른 사람이 대신할 수 없다

공자께서 선조(先祖)께 제사 지낼 때는 선조가 그

자리에 계신 듯이 하시고, 신(神)께 제사 지낼 때도 신이 그 자리에 계신 듯이 하셨다.

공자께서 말씀하셨다.

"나 자신이 정성껏 제사에 참여하지 않으면 제사를 모시지 않은 것과 같소."

253) 양(羊)보다 예가 중요하다

자공이 ①고삭(告朔) 예에 양을 희생(犧牲)으로 바치는 일은 없애는 것이 좋다고 하였다. 공자께서 말씀하셨다.

"그대는 양 한 마리가 아깝단 말이오? 나는 오히려 예가 없어지는 것이 아깝소. 양을 바치는 것조차 없앤다면 고삭 예는 영원히 없어지지 않겠소?"

> ① 매월 초하룻날, 조상의 묘에 희생으로 양을 바치고, 그달 초하루를 고하고, 그달 달력을 받는 예식이었다.

254) 지나친 예는 예가 아니다

안회가 죽었다. 동문의 친구들이 장례식을 훌륭하게 지내려고 공자에게 청하였다. 공자께서는 '안 된다.'고 하셨다. 그러나 제자들은 우정을 누를 길 없어 후하게 장례를 지냈다. 공자께서 말씀하셨다.

"회(回)는 나를 아버지처럼 생각했소. 장례는 내

아들 ⓘ이(鯉)의 장례처럼 신분에 알맞게 정성껏 치르고 싶었는데, 정말 ⓔ유감스런 일이오. 그렇지만 내가 한 일이 아니라 두서너 제자가 한 일이오."

① Ⅱ-124), Ⅱ-140) 참조.
② Ⅱ-228) 참조.

255) 신분과 장례

안회가 죽었다. 안회의 아버지 안로(顔路)는 가난하여 외관(外棺)을 준비할 수가 없어서 공자에게 수레를 팔면 그 돈으로 외관을 사겠다고 청하였다. 안회는 공자가 사랑하는 제자였으므로 청을 들어주리라 생각하였는데, 공자는 한마디로 거절하셨다.

"사람이 재주가 있든 없든 마지막 장례만은 잘 차려 주고 싶은 것이 어버이의 정이오. 내 아들 이(鯉)가 죽었을 때도 내관(內棺)만 있고 외관을 살 수 없었소. 나는 수레를 타지 않고 걸어 다니면서까지 외관을 사지 않았소. 그것은 내가 전에 대부의 말석에 있던 몸이라, 출입할 때는 수레를 타는 것이 예(禮)요. 수레를 팔고 걸어 다닐 수 없기 때문이었소."

256) 큰 덕과 융통성 있는 예절

자하가 말하였다.

"인의(仁義), 효제(孝悌)와 같은 큰 덕에서 도를 벗어나지 않는다면, 평소의 자질구레한 예절에는 다소 융통성이 있어도 괜찮습니다."

257) 증명은 근거가 있어야 한다

"나는 하(夏)나라의 예를 잘 말할 수 있으나, 하의 후손인 기(杞)나라의 예는 증명할 만한 것이 내게 없습니다. 은(殷)나라의 예를 잘 말할 수 있으나, 은나라의 후손인 송(宋)나라의 예는 증명할 만한 것이 내게 없습니다. 문헌이 모자라기 때문입니다. 만일 문헌만 넉넉히 있다면 증명할 수 있습니다."

258) 산신령이 예의 근본을 물은 임방(林放)만 못한가?

대부인 계씨가 ①제후만이 지낼 수 있는 산제(山祭)를 ②태산(泰山)에 가서 지내려고 하였다. 공자께서 계씨의 가신인 ③염유에게 말씀하셨다.

"계씨는 제후의 한 신하에 불과한데 외람된 짓을

하오. 그 잘못을 말릴 수 없겠소?"

공자께서 탄식하셨다.

"아아! 슬픈 일이오. 어째서 저 태산의 산신령이 오히려 예의 근본을 물은 임방만도 못하다 하겠소? 예가 아닌 것을 받지 않는 태산의 신이, 어찌 예에서 벗어난 제사를 받고 계씨에게 복을 내려 주겠소?"

① 천자는 천하의 명산에서 제사를 지내고, 제후는 자기 나라의 산에서만 제사 지내는 것이 예다. 계씨는 대부에 지나지 않으므로 산제를 지내는 것은 외람된 것이다.

② 중국의 명산으로 지금의 산동성에 있다.

③ Ⅰ-64), Ⅱ-61), Ⅱ-144) 참조.

259) 예악의 근본

"사람들이 '예를 알아야 한다, 예를 알아야 한다.'라고 하는데, 그것은 예물로 사용하는 옥이나 비단의 좋고 나쁘거나, 많고 적은 것을 가지고 하는 말일까요? 예의 근본은 진심으로 공경하는 것이므로 공경과 예양의 마음을 잊어서는 안 됩니다. 또 '음악을 알아야 한다, 음악을 알아야 한다.'라고 하는데 그것은 종과 북의 연주 방법을 가지고 하는 말일까요? 그렇지 않습니다. 마음의 기쁨이 음악에서 나오므로, 마음에 기쁨이 없다면 참된 음악이 아닙니다. 그런데 요즈음은 예악의 근본을 잊고, 그 말단에 지나지 않은 옥이나 비단, 종이나 북을 예악이라고 생각하고 있습니다."

10. 군자(君子)

260) 군자의 마음가짐

"군자로서 말과 행실이 경솔하면 위엄이 없고, 학문을 배워도 의지가 굳지 못합니다. 그리고 충성과 믿음으로 기준을 삼고, ①자기만 못한 사람을 친구로 사귀지 않고, ②잘못이 있을 때는 주저없이 즉시 고쳐야 합니다."

> ① 이 말은 자기보다 못한 사람을 인(仁)을 지향하는 동지로 여기지 말라는 말이다. 그러므로 차별 없이 모든 사람을 사랑하라는 말과 모순이 되지 않는다.
>
> ② Ⅰ-43), Ⅱ-79), Ⅱ-261), Ⅱ-331) 참조.

261) 군자의 몸가짐

"학문과 수양을 지향하는 군자는 배불리 먹고 편안히 살기를 바라지 않아야 합니다. ①일은 빨리 실천하고 말을 삼가야 합니다. 도덕이 있는 선배와 가까이 지내며 자기 잘못을 바로잡는다면 그런 사람이야말로 학문을 좋아한다고 할 수 있습니다."

① 명나라 왕양명(王陽明)은 '아는 것과 행하는 것
이 하나이어야 한다.(지행합일知行合一)'라고 하였
다.

262) 군자는 기술자가 아니다

"학문과 덕행을 이룩한 군자는 한 사람의 기술자
와 달리 어디에서나 쓰일 수가 있습니다."

263) 군자의 승부(勝負)

"군자는 이해관계를 가지고 싸우는 일이 없으나,
만일 있다면 활을 겨누는 승부는 합니다. 이때도
예의는 바릅니다. 두 사람의 선수가 서로 읍(揖)
하고 난 뒤 당(堂)으로 올라가 활쏘기를 마치고,
승부가 난 뒤에도 서로 예의 바르게 당에서 내려
와 술을 마십니다. 나아가나 물러나서나 예의를
잃지 않습니다. 그런 승부야말로 군자다운 승부가
아니겠소."

264) 군자는 인(仁)에 살고, 인에 죽는다

"①부귀는 사람들이 모두 원하는 것으로, 정당한 방
법으로 얻지 못할 때는 거기에 머물러 있지 않고,
빈천(貧賤)은 사람들이 모두 싫어하는 것으로, 정
당한 방법으로 벗어나지 못할 때는 거기서 떠나

지 않습니다. 군자가 인을 버리고서 어떻게 이름을 내겠습니까? 군자는 밥 먹을 동안이라도 인에 어긋나는 일이 없고, 절박한 때도 반드시 인에 살고, 위태한 때도 반드시 인에 살아야 합니다."

265) 잘못을 보아도 인(仁)을 알 수 있다

"사람의 잘못은 누구나 마음이 한편으로 기울 때 하는 법입니다. 그 ①잘못의 원인을 캐보면, 사심(私心)으로 기울어지는 것에 있습니다. 사심에 기울어진다는 것은 정(情)에 기울어지는 것입니다. 군자는 흔히 좋은 사람에게 지나치게 동정하고, 나쁜 사람에게 지나치게 가혹하여 잘못합니다. 그러나 이것을 보면 인이 마음에 뿌리박힌 것을 알 수 있습니다."

> ① '잘못은 부류에 따라 다르다.'라고도 번역한다. 그러나 이것은 적당하지 않은 해석이라 여겨진다.

266) 도에 뜻을 둔 사람

"①선비로서 도에 뜻을 두고도 허름한 옷과 변변치 않은 음식을 부끄러워한다면, ②도를 함께 논의할 여지가 없습니다."

> ① 경(卿) · 대부(大夫) · 사(士)의 선비이며, 관직을 가진 사람을 부르는 말이었으나, 또한 일반적

으로 학문 수양에 힘쓰는 사람을 말한다.

②이런 의미에서 공자는 안회를 매우 칭찬하였다.
Ⅰ-59) 참조.

267) 오직 의를 따를 뿐이다

"군자가 이 세상에서 모든 것을 처리할 때 '이것은 반드시 해야 한다.' 또 '저것은 반드시 하지 않아야 한다.'는 것이 따로 있는 것이 아닙니다. 오직 의를 따라갈 뿐입니다."

268) 군자는 덕과 형법을 생각한다

"군자는 인으로 백성을 인도하려고 항상 덕을 생각하는데, 소인은 부모 처자를 봉양하기 위하여 항상 재물을 생각합니다. ①군자는 백성을 다스리기 위해 항상 형법을 생각하는데, 소인은 세금을 적게 내려고 항상 특혜(特惠)를 생각합니다."

269) 군자와 소인의 구별

"군자는 도의에 밝고, 소인은 이익에 밝습니다."

270) 군자의 네 가지 도

공자께서 정나라 대부 ①자산(子産)에 대하여 평하셨다.

"그는 군자의 도 네 가지를 지니고 있습니다. 첫째 몸가짐이 겸손하였고, 둘째 윗사람을 존경으로 섬겼고, 셋째 백성을 이롭게 하려고 은혜를 베풀고, 넷째 백성을 도의에 맞게 부렸습니다."

> ① 공손교(公孫僑)의 자이다. 춘추시대에 뛰어난 어진 대부였다. Ⅱ-373) 참조.

271) 재물이 많으면 남에게 나누어 주라

어느 날 자화(子華)가 공자를 대신하여 제나라에 사절로 갈 때였다. 친구인 염구가 자화 어머니의 생활을 위하여 공자께 부양할 곡식을 청하였다. 공자께서 말씀하셨다.

"여섯 말 넉 되를 주시오."

염구가 더 청하였다.

공자 "열여섯 말을 주시오."

염구는 공자께서 많이 주시지 않으므로 자신이 여든 섬을 더 주었다. 그러자 공자께서 꾸짖으셨다.

"적(赤, 자화의 이름)이 제나라로 떠나갈 때 살찐 말을 타고, 가벼운 털옷을 입었으니, 가난한 것 같지 않소. 나는 '군자는 가난에 쪼들리는 사람은 구제하고, 여유 있는 사람은 더 보태주지 않는다.'라는 말을 들었소. 그대는 부자에게 보태준 셈이오."

또 공자께서 노나라에서 ①사구(司寇) 벼슬을 할 때 ②원사(原思)가 비서(秘書)가 되었다. 원사에게 녹으로 9백 섬을 주셨는데, 그는 많다고 사양하였다. 공자께서 말씀하셨다.

"사양하지 마오. 많다고 생각하면 이웃이나 동네 사람에게 나누어 주오."

　　　　① 지금의 사법장관.
　　　　② 성은 원(原), 이름은 헌(憲), 자는 자사(子思)이다. 노나라 사람으로 공자의 제자. 욕심이 없는 청렴한 사람 같다.

272) 성실과 교양

"사람의 성실함이 교양보다 앞서게 되면 그 사람은 야만인이며, 교양이 성실함보다 앞서면 그 사람은 문화인이라 할 수 있습니다. 그러나 사람은 성실함과 교양이 어울려야 참된 군자라 할 수 있습니다."

273) 널리 배운 것을 예로 요약(要約)하라

"군자가 폭넓은 학문을 하여 지식을 높이는데, 또한 이것을 요약하여 실행할 때, 즉 바른 생활 규범을 기준으로 행한다면 도에 어긋나지 않을 것입니다."

274) 군자의 이상적인 생활

"군자는 사람이 마땅히 걸어야 할 도에 뜻을 두고, 스스로 닦은 덕을 버리지 않고, 인애(仁愛)의 정에서 떠나지 않으며, 예(禮)·악(樂)·사(射)·어(御)·서(書)·수(數) 같은 문(文)·무예(武藝)를 즐깁니다."

275) 군자와 소인의 마음

"군자의 마음은 평탄하고 너그러우며, 소인의 마음은 항상 근심이 가득합니다."

276) 군자의 감화(感化)

"윗자리에 있는 군자가 친척을 후하게 대우하면, 그 영향으로 백성의 인심(仁心)을 일으키게 되고, 옛 친구를 잊지 않고 돌본다면, 백성의 마음은 인색하지 않게 됩니다."

277) 군자의 세 가지 예

증자가 병들어 위중하여 노나라 대부 ①맹경자(孟敬子)가 병문안을 왔다. 증자가 말하였다.

"새가 죽으려고 할 때 애처롭게 울고, 사람이 죽으려고 할 때 착한 말을 합니다. 이것은 저의 마지막 말이니 명심하여 들어주십시오. 정치하는 군자의 도에 소중히 여겨야 할 예가 세 가지 있습니다. 군자가 행동할 때 신중히 하고 예에 맞는다면, 자연히 남에게 끼치는 난폭한 짓과 교만을 멀리할 것입니다. 또 안색에 성의를 나타내고 예를 잃지 않으면 남에게 속지 않을 것입니다. 말할 때 예에서 벗어나지 않으면 도리를 거스른 천한 사람의 말을 멀리하게 될 것입니다. 그리하여 태도, 안색, 말을 삼가고, 밖에서 몹쓸 사람이 가까이할 수 없게 하는 것은 군자의 소중한 도입니다. 제사 때 제기 다스리는 그런 작은 일은 담당 관리에게 맡기면 됩니다."

①삼환(三桓)의 한 사람인 맹무백(孟武伯)의 아들.

278) 군자의 실천

증자가 말하였다.

"재능이 있으나 없는 것처럼 무능한 사람에게 묻고, 학식이 많으나 없는 것처럼 견문(見聞)이 좁은 사람에게 묻고, 도가 있으나 없는 것처럼 하고, 덕이 충실하지만 빈 것처럼 하고, 이치에 벗어난 일을 당하여도 맞서 따지지 않습니다. 이런 것을 할 수 있는 인물은 쉽지 않은데, 옛날 내 ①친구로 이것을 실행한 사람이 있었는데 지금은 없습니다."

① 덕이 높은 안회를 가리킨다 한다.

279) 참된 군자의 지조(志操)

증자가 말하였다.

"열다섯 살의 어린 임금의 장래를 안심하고 맡길 만한 충성이 있는 사람, 근심 없이 큰 나라의 운명을 맡길 만한 사람, 그리고 나라가 흥하느냐, 망하느냐 하는 위기에서 그 절개를 잃지 않는 사람, 이런 사람을 군자라 할 수 있을까? 그야말로 군자다운 사람입니다."

280) 군자의 책임

증자가 말하였다.

"선비 된 사람은 마음이 너그럽고 뜻이 굳세야 합니다. 그것은 책임이 무겁고 갈 길은 멀기 때문입니다. 그 책임이란 지극히 높은 인을 실천하는 것으로 책임지는 것이니, 어찌 무겁지 않겠습니까? 그리고 중책은 죽을 때까지 계속되는 것이니 또

한 멀지 않겠습니까?"

281) 군자의 처세

"옳은 도리를 독실하게 ①믿고, 학문을 좋아하며, 목숨을 다하여 도를 지켜야 합니다. 그리고 위험한 나라에 들어가지 말고, 난리 난 나라에서 살지 않아야 합니다. 세상에 도의가 있다면 나아가 활동하고, 도의가 없다면 숨어 살아야 합니다. 또 도의가 있는 나라에서 빈천한 생활을 하는 것은 일하지 않은 까닭이니 부끄러워할 일이며, 도의가 없는 나라에서 부귀영화를 누리는 것은 스스로 도를 버린 것이니, 부끄러워할 일입니다."

　　　① Ⅰ-2) 참조.

282) 다능(多能)은 성인의 조건이 아니다

태재(大宰) 벼슬하는 사람이 자공에게 물었다.
"당신 선생님은 성인(聖人)이십니까? 어떻게 ①모든 일에 뛰어나십니까?"
자공이 말하였다.
"선생님은 진정 하늘이 보내신 분으로, 거의 성인의 인격을 이루셨고, 더군다나 모든 예능도 뛰어나십니다."

공자께서 이 말을 듣고 말씀하셨다.

"태재는 내가 모든 일에 뛰어나다고 하였지만 정말로 나를 알아보았을까? 나는 젊어서 가난하였으므로 보잘것없는 예능을 배웠소. 내 다능은 성인인 때문이 아니오. 또 군자는 다능해야만 할까? 아니오, 반드시 다능해야 할 필요는 없소."

공자는 다능함은 시인하였으나 성인을 자처하지 않았다. 이에 대하여 금뢰(琴牢)가 말하였다.

"선생님은 일찍이 나에게 말씀하시기를 등용되지 못하였으므로 많은 예능을 익히라고 하였소."

> ① 이 사람은 공자가 모든 일에 뛰어나므로 성인이라고 생각한 모양이다. 공자는 다능이 반드시 성인의 조건이 아님을 말하였다.

283) 굳은 지조는 빼앗을 수 없다

"대군(大軍)을 통솔하는 장군이라도 그 장군을 빼앗을 수 있습니다. 그러나 힘이 약한 사나이라도 그의 굳은 지조는 바꾸게 하거나 빼앗을 수 없습니다."

284) 겨울이 되어야 소나무와 잣나무의 절개를 알 수 있다

"추운 겨울이 되어야 소나무와 잣나무 잎은, 다른

초목이 시든 가운데도 끝까지 시들지 않고 남아 있는 것을 알 수 있습니다. 사람도 큰 변을 만나야 비로소 군자의 지조를 알 수 있습니다."

285) 군자의 즐거움

민자건은 화기가 돌며 예모가 바르게, 자로는 참으로 씩씩하게, 염유와 자공은 즐거운 듯 공자를 모시고 옆에 있었다. 공자도 정말 즐거우신 것 같았다. 그러나 자로에 대하여는 근심하셨다.
"①자로는 명(命)대로 살지 못할 것 같군."

> ① 자로는 위나라의 난 때, 적진에 깊이 쳐들어갔다가 적병의 칼에 찔렸으나, 관 끈을 바로잡고, 예의 바르게 쓰러졌다고 한다.

286) 군자를 아는 법

"말만 잘한다고 그 사람이 과연 수양을 쌓은 군자이겠습니까? 또 ①겉모양만 꾸미는 사람을 군자라고 할 수 있겠습니까? 사람은 말과 겉모양을 보고는 알 수 없습니다."

> ① Ⅱ-218) 참조.

287) 군자는 두려움이 없다

사마우(司馬牛)가 자기 형인 상퇴(向魋)의 난(亂)

을 무서워하여 공자께 군자에 대하여 물었다.

공자께서 말씀하셨다.

"군자란 마음에 근심도 없고 ①두려워하지도 않는 사람이오."

사마우 "그것만으로 군자라고 할 수 있습니까?"

공자 "만일 사람이 스스로 반성하고도 양심에 꺼릴 것이 없다면 근심하거나 두려워할 것이 무엇 있겠소? 하지만 이것은 군자가 아니면 행하기 어려운 일이오."

　　　　① II-302) 참조.

288) 군자에게 고독은 없다

사마우가 자하에게 말하였다.

"모두 형제가 있어서 즐거운데 ①나 혼자만 형제가 없으니 쓸쓸하군요."

자하가 말하였다.

"저는 선생님께 '사람의 생사와 부귀는 천명을 따르는 것으로, 사람의 힘으로 좌우할 수 없다.'는 말씀을 들었습니다. 만일 군자가 삼가 행동하여 잘못이 없고, 남과 사귈 때 공경하고 예의를 지킨다면, 세상 사람이 모두 형제가 되지 않겠습니까? 그러므로 군자는 자기에게 공경하는 마음이 없는

지를 근심해야지, 형제가 없다고 근심할 필요가
있겠습니까?"

① 사마우가 이렇게 말한 것은 형인 상퇴가 난을 일으켜
죽을 것을 걱정한 것이다. II-287) 참조.

289) 형식과 내용의 조화

위나라 대부 극자성(棘子成)이 말하였다.
"군자란 실질만 소중히 여기면 그만이오. 형식적
인 문화를 숭상해서 무엇하겠소?"
실질을 무시하고 겉치레만 하는 풍조를 탄식한 것
이다. 이에 대하여 자공이 말하였다.
"유감스런 말씀을 하셨군요. 당신의 말은 사이비
(似而非) 군자론(君子論)이오. 한마디 실언(失言)
은 빠른 수레를 타고도 따라갈 수 없습니다. 참
다운 의미의 형식을 떠난 내용이 없고, 또 내용
을 떠난 형식도 없습니다. 만일 내용만 취한다면,
무늬 있는 털을 벗겨낸 호랑이나 승냥이 가죽과,
개나 양가죽을 구별할 수 없는 것과 같습니다."

290) 군자와 소인

"①군자는 남의 좋은 일이나 성공을 기뻐하고, 그
성공을 도와주며, 남의 나쁜 일이나 실패는 감추
어 주고, 그렇게 되지 않도록 힘씁니다. 그런데

소인은 이와 반대로 남의 성공을 시기하고 실패를 폭로하여 남을 못살게 합니다."

　　① II-269) 참조.

291) 선비의 자격

자공이 공자에게 물었다.

"어떤 사람을 뜻있는 훌륭한 선비라고 말할 수 있습니까?"

공자께서 말씀하셨다.

"평소 학문 수양에 힘쓰고, 스스로 모자라는 것을 부끄럽게 여기고 노력하는 인물, 그리고 일단 등용되어 제후 나라에 사절로 간다면, 그 중대한 사명을 다하여 임금의 명을 욕되게 하지 않는 인물이라면 뜻있는 훌륭한 선비라고 말할 수 있소."

자공 "그다음 가는 선비가 있다면 말씀해 주십시오."

공자 "친척 사이에서는 모두 그를 효도한다고 하고, 또 동네에서는 모두 그를 형제끼리 우애 있다고 칭찬하는 인물이라면, 학덕(學德)과 재능이 모자라도 다음가는 선비라 할 수 있소."

자공 "한 가지 더 묻겠습니다만, 그다음 가는 선비는 어떤 인물입니까?"

공자 "한번 한 말은 반드시 실행하고자 하며, 시작한 일은 끝까지 밀고 나가려는 사람이오. 즉 신의를 지키고 과단성 있는 인물로, 조금 융통성이 없는 인물이지만, 아마 그다음 가는 선비일 거요."

자공 "선생님은 선비를 설명할 때 정치인에 대하여는 말씀이 없습니다만, 요새 정치에 종사하는 사람들은 어떻습니까?"

공자 "아하, 그런 사람들은 너무 많소. 말이나 되대신 쓰는 바가지나 대그릇과 같이 속이 좁은 인물들이오. 그런 인물은 물건을 넣거나 재는 그릇은 될 수 있지만, 어떻게 선비의 수에 넣을 수 있겠소?"

292) 군자는 부화뇌동(附和雷同)하지 않는다

"군자는 사심이 없으므로 도리에 따라 화합할 수 있으나, 불합리한 것에 부화뇌동하지 않습니다. 소인은 사리사욕이 있으므로 이익을 보면 부화뇌동하기 쉽고, 도리에 따라 화합하지 못합니다."

293) 섬기기 쉬운 사람, 섬기기 힘든 사람

"윗사람이 군자라면 부하로서 섬기기는 쉽지만, 그의 마음을 기쁘게 하기는 어렵습니다. 그것은 정

도(正道)가 아니면 군자를 기쁘게 할 수 없기 때
문입니다. 또 군자를 섬기기 쉬운 까닭은 부하를
그 재능에 따라 알맞은 일을 시키기 때문입니다.
이와 달리 소인을 섬기기는 어렵지만, 그의 마음
을 기쁘게 하기는 쉽습니다. 소인은 바른길이 아
니라도 아첨이나 이익으로 기쁘게 할 수 있기 때
문입니다. 그러나 소인은 사람을 부릴 때 모든
재능이 갖추어지기를 요구하므로 섬기기 어렵습
니다."

294) 군자와 소인의 차이

"①군자는 태연자약하나 교만하지 않으며, 소인은
교만하나 태연자약하지 못합니다."

① Ⅱ-275) 참조.

295) 선비의 태도

자로가 공자께 물었다.
"어떤 사람을 선비라고 할 수 있습니까?"
공자께서 말씀하셨다.
"사람을 대할 때 친절하고 성의가 있으며, 용의주
도하고 일을 권하여, 정의가 유화(柔和)하면 선
비라고 할 수 있소. 달리 말하면 친구끼리는 서로

친절하고 좋은 일을 권하고, 형제끼리는 부드러운 우애가 있는 사람이오."

296) 선비의 몸가짐

"나라에 도가 있을 때는 고상한 말을 하고 고결한 행위를 해야 하고, 나라에 도가 없을 때는 행위는 고결하고, 말은 겸손해야 합니다."

297) 힘보다 덕

남궁괄(南宮适)이 공자께 물었다.

"옛날 예(羿)라는 사람은 활을 잘 쏘았고, 오(奡)라는 사람은 땅에서도 배를 움직일 정도로 큰 힘이 있었는데, 모두 자기 명에 죽지 못하였습니다. 우(禹)와 직(稷)은 몸소 농사를 지었는데, 우는 순(舜)의 뒤를 이어 천자가 되었고, 직은 그 자손이 주(周) 무왕이 되어 천자가 되었습니다. 어찌 된 일입니까?"

남궁괄은 당시 권력이 있는 제후는 예와 오 같고, 우와 직을 공자에 비교하며 힘을 의지하지 말고 덕을 숭상해야 한다는 생각을 말하였다. 그러나 공자는 겸손하게 대답하지 않으셨다. 남궁괄이 그 자리를 떠난 다음, 공자는 그가 힘을 천하게 여기고 덕을 숭상하는 태도를 칭찬하여 말씀하셨다.
"그는 참으로 군자요. 기술이 아니라 덕을 숭상하는구려."

298) 군자와 소인의 인(仁)

"군자는 훌륭한 사람이지만 성인과 같이 완전한 인격자가 아니므로 한때의 잘못으로 인에서 벗어나는 일이 있을지 모르지만, 소인은 본래 인에 뜻이 없으므로 한때라도 인의 도에 맞는 일을 한 일은 지금까지 없었다."

299) 선비의 뜻은 커야 한다

"선비로서 다만 안락한 곳을 그리워한다면 선비라고 할 수 없습니다."

300) 군자의 수양과 소인의 타락

"①군자는 날마다 도의에 따라 수양하므로 향상하여 하늘의 이치에 도달하고, 소인은 날마다 작은 이익에 따라 생활하여 안일에 떨어집니다."

① Ⅱ-269) 참조.

301) 군자가 생각하는 영역

증자가 말하였다.

"군자는 자기 지위의 영역 안 일에 대하여는 생각하지만, 영역 밖의 일은 생각하지 않습니다."

302) 공자의 인격

공자께서 말씀하셨다.

"①군자의 도에 세 가지가 있소. 인자(仁者)는 마음에 가책이 없으므로 근심하지 않소. 지자(知者)는 사리에 밝으므로 미혹하지 않소. 용자(勇者)는 의에 충실하므로 두려워하지 않소. 하지만 나는 어느 하나도 뛰어난 것이 없구려."

자공이 말하였다.

"이것은 선생님께서 자신을 말씀하신 것입니다. 선생님이야말로 이 세 가지를 갖춘 분이십니다."

①　II-195) 참조.

303) 실천을 소중히 여긴다

"군자는 자기 말이 행실보다 앞서는 것을 부끄러워합니다."

304) 현자(賢者)가 피하는 네 가지

"현자는 첫째, 도가 없는 천하를 보고 세상을 피

해 숨습니다. 둘째, 나라가 어지러우면 그 지역을 피합니다. 셋째, 임금이 무례하면 그 모습을 피합니다. 넷째, 간(諫)하나 임금의 말과 맞서게 되면 말을 피합니다."

305) 수신(修身)·제가(齊家)·치국(治國)·평천하(平天下)

자로가 공자께 물었다.

"어떤 사람을 군자라고 합니까?"

공자께서 말씀하셨다.

"수양에 힘쓰고 자기 몸을 공경할 줄 아는 사람이오."

자로 "그 정도로 군자라 할 수 있습니까?"

공자 "수양한 그 덕으로 사람들을 편안하게 하는 사람이오."

자로 "그것만으로 군자라 할 수 있습니까?"

공자 "군자의 덕행이 넓게 퍼져, 온 백성이 안심하고 살 수 있게 된다면 참된 군자라 하겠소. 그러나 그것은 옛날 요임금과 순임금 같은 성군들도 오히려 어렵게 생각하였소."

306) 군자는 곤궁하면 참고, 소인은 곤궁하면 탈

선(脫線)한다

위영공(衛靈公)이 공자를 만나 군대의 진(陣) 치는 법을 물었다. 공자께서 말씀하셨다.

"제사 때 제기 늘어놓는 예는 배웠습니다만, 군대의 진 치는 군사학(軍事學)은 배운 일이 없습니다." 그리고 이튿날 서둘러 위나라를 떠났다. 영공이 싸움에 몰두하고 있으므로 뜻을 펴기 힘들다고 생각한 것이다. 그래서 초나라로 가고자 진나라를 지날 때 진나라는 오나라의 침입으로 혼란에 빠져 있었다. 공자 일행은 오해를 받아 포위되어 양식이 떨어지고 동행한 제자들은 피곤하여 일어서지도 못하였다. 솔직한 자로가 불평을 품고 공자께 물었다.

"도를 행하는 군자도 곤궁할 때가 있습니까?"

공자 "있구 말구요. 군자는 곤궁하면 도가 더욱 ①견고해집니다. 그러나 소인은 곤궁하면 어쩔 줄 모르고 별의별 짓을 다합니다. 이것이 군자와 소인이 다른 점이지요."

　　　① '군자는 본래 곤궁하다.'로 풀이하는 설도 있음.

307) 사어(史魚)와 거백옥

"위나라 대부 사어야말로 강직한 사람이오. 나라

에 도가 있거나 없거나 화살같이 곧은 말과 정직한 행위를 꺼리지 않고 하였소. 또 위나라 거백옥이야말로 군자요. ①나라에 도가 있을 때는 벼슬하였고, 나라에 도가 없으면 물러나 도를 마음에 감추고 살았소."

① II-188) 참조.

308) 군자는 의리를 본질로 삼는다

"군자는 의리를 본질로 삼고, 바른 예의로 실행해야 합니다. 겸손한 말을 하고, 성실로 완성합니다. 그것이야말로 참다운 군자요."

309) 군자는 자기 무능(無能)을 병으로 여긴다

"①군자는 자기 무능을 병으로 여기고, 남이 자기 재능과 학덕을 몰라준다고 근심하지 않습니다."

① II-51), II-76), II-116) 참조.

310) 사람은 죽은 뒤에 좋은 이름이 남아야 한다

"①군자는 자기가 죽은 뒤에 이름이 세상에 알려지지 않을까 걱정합니다."

① II-194) 참조.

311) 군자와 소인의 태도

"군자는 모든 것을 자기 책임으로 여기고 반성하는데, 소인은 남에게 책임을 돌리고 남을 꾸짖고 남에게서 구합니다."

312) 군자의 처세

"①군자는 자존심이 있지만 남과 우열을 다투지 않고, 모임은 하지만 당파(黨派)에는 가담하지 않습니다."

　　　　　① II-267), II-292), II-295) 참조.

313) 군자의 마음은 공평무사(公平無私)하다

"군자는 공평무사하여 어떤 사람이 말을 잘한다는 말만 듣고 그를 믿거나 등용하지 않고, 또 평소 좋지 않은 사람이라고 해서 그의 좋은 말까지 나쁘다고 하지 않습니다."

314) 군자의 근심

"군자는 어떻게 도를 얻지 못할까 근심하는데, 어떻게 먹을까는 근심하지 않습니다. 먹을 것을 얻으려고 밭을 갈아도 굶주려야 할 때가 있기 때문입니다. 그러나 학문하고 도를 구한다면 도를 얻을 수 있을 뿐 아니라, 자연히 ①벼슬도 얻게 됩니다. 그러므로 군자는 도를 얻지 못할까 근심하나, 가난을 근심하지 않습니다."

① II-54) 참조.

315) 군자와 소인의 재능

"군자 같은 큰 인물에게는 작은 일을 하나하나 알려 잘할 수 있게 할 수 없으나, 큰일을 맡게 할 수 있습니다. 소인에게는 큰일을 맡게 할 수 없지만, 보잘것없는 잔일이라면 충분히 할 재능이 있습니다."

316) 대의(大義)를 위해 소의(小義)를 버린다

"군자는 바른 도를 굳게 지키지만, 작은 약속에 구애되어 융통성이 없을 정도로 완고하지 않습니다."

317) 군자를 모실 때의 세 가지 잘못

"군자를 모실 때 범하기 쉬운 세 가지 잘못이 있습니다. 아직 말할 때가 아닌데 말하는 것은 경솔하게 덤비는 것이라 합니다. 말할 때가 되었는데 말하지 않는 것은 숨기는 것이라 합니다. 안색을 살피지 않고 분별없이 말하는 것은 맹인이라 합니다."

318) 군자가 경계해야 할 세 가지

"군자가 되고자 하는 사람은 나이에 따라 경계해야 할 것이 세 가지 있습니다. 청년 때는 혈기(血氣)가 아직 안정되지 않았으므로 남녀의 색정(色情)을 경계해야 합니다. 장년 때는 혈기가 강하므로 남과 다투지 않도록 경계해야 합니다. 노년이 되면 혈기가 쇠약하고 안일을 탐내게 되므로 재물에 대한 욕심을 경계해야 합니다."

319) 군자가 두려워해야 할 세 가지

"군자가 두려워해야 할 세 가지가 있습니다. ①천명(天命)을 그르치지 않을까 두려워합니다. 덕 있는 선배나 어른을 두려워하고, 도덕의 기준인 성인의 말씀을 두려워합니다. 소인은 천명을 두려워할 줄 모르므로 멋대로 행동하고, 어른이나 선배의 관용을 미끼로 무례한 짓을 하고, 성인의 말씀은 현실을 무시한다고 생각하여 업신여깁니다. 여기에 군자와 소인의 차이가 있습니다."

   ① I -36), II-288), II-332) 참조.

320) 군자가 생각해야 할 아홉 가지

"군자는 생각해야 할 것이 아홉 가지 있습니다. 볼 때는 시력을 가다듬어 분명히 보아야 하며, 들을 때는 귀로 똑똑히 들어야 하고, 얼굴빛은 온화하게 가져야 하고, 용모는 공손하고 품위가 있어야 하고, 말은 진심으로 언행이 일치해야 하고, 일할 때는 신중히 하여 잘못이 없어야 하며, 의심이 있을 때는 곧 물어보아 알아야 하고, 화가 날 때는 화풀이를 하지 않음으로써 후환을 면해야 합니다. 또 이익을 보았을 때는 의리에 맞는지 생각해야 합니다."

321) 군자가 미워하는 것

"자줏빛은 중간색으로 주홍빛이 정색인데, 사람은 거의 정색보다 중간색인 부드러운 자줏빛을 좋아하고, 주홍빛이 자줏빛에 그 색을 빼앗기기 쉽습니다. 이처럼 옳은 것이 사악한 것에 지는 것을 나는 싫어합니다. 음악으로 말하면 정나라의 음탕한 소리가 귀에 즐거워서 바른 아악이 어지러워지기 쉬우므로, 참으로 미워해야 할 일입니다. 또 말재주만 뛰어난 사람은 시비를 가리지 않고 임금에게 아첨하며 백성을 미혹하고, 마침내 나라를 뒤엎는 사람이므로 나는 이것을 몹시 미워합니다."

322) 용기와 의리

자로가 공자께 물었다.

"군자도 용기를 숭상합니까?"

공자께서 말씀하셨다.

"군자도 용기를 숭상하는데 정의를 으뜸으로 삼습니다. 해야 할지 하지 말아야 할지 하는 판단에서 의리를 행하는 것이 가장 중요한 일입니다. 군자가 용기만 있고 의리가 없다면 용기만 믿고 난을 일으키고, 소인이 용기만 있고 의리가 없다면 욕망에 사로잡혀 도둑이 됩니다."

323) 군자도 사람을 미워한다

자공이 공자께 물었다.

"군자는 어질고 사람을 사랑하는 사람인데, 이런 ①군자도 미워하는 사람이 있습니까?"

공자께서 말씀하셨다.

"미워하는 사람이 있소. 먼저 남의 결점을 떠드는 사람을 미워하오. 낮은 자리에 있으면서 윗사람을 훼방하는 사람을 미워하오. 용기가 있는데 예의를 모르고, 오히려 무례한 짓을 용기라고 생각하는 사람을 미워하오. 과감하고 결단력이 있으나 도리를 모르는 사람을 미워하오. 그대도 미워하는 사람이 있소?"

자공 "지(知)와 용(勇)과 정직은 사람의 소중한 덕인데, 저는 남의 말을 엿듣고 아는 척하는 사람을 미워합니다. 불손하고 교만한 것을 용감하다고 하는 사람을 미워합니다. 남의 숨은 잘못을 폭로하고 그것을 정직한 것으로 아는 사람을 미워합니다."

    ① Ⅱ-175), Ⅱ-321) 참조.

324) 선비의 네 가지 조건

자장이 말하였다.

"선비란 나라가 위급할 때 목숨을 바쳐서 구해야 하오. 이익을 보았을 때는 의리를 생각해서 처리하고, 불의한 이익은 물리쳐야 하오. 제사 지낼 때는 정성을 다해야 하고, 상사(喪事)를 당하면 애통한 정을 다해야 하오. 이 네 가지를 갖출 수 있다면 ①선비라 할 수 있지요."

    ① Ⅱ-204), Ⅱ-228), Ⅱ-252) 참조.

325) 군자는 큰 도에 힘쓴다

자하가 말하였다.

"비록 작은 기술이라 할지라도 반드시 도리가 있고, 볼 만한 것이 있는데, 심원한 군자의 도를 얻고자 할 때 그런 작은 기술에 구애되고 방해를 입을 우려가 있습니다. 그러므로 군자는 자기 몸을 닦고 사람을 다스리는 큰 도에 힘써야 하고, 그런 기술은 배울 필요가 없습니다."

326) 성공의 길

자하가 말하였다.

"모든 직공은 공장에 있어야 필요한 연장을 가지고 공사를 성취할 수 있습니다. 군자는 학문하는 곳에 들어가야 선철(先哲)이 행한 것을 보고, 어진 이의 가르침을 듣고, 군자로서 도를 완성할 수 있습니다."

327) 소인은 핑계만 댄다

자하가 말하였다.

"①잘못은 누구에게나 있는데, 소인은 이리저리 핑계를 대고 변명합니다."

　　　① II-81), II-260), II-331) 참조.

328) 덕 있는 군자의 용모

자하가 말하였다.

"덕 있는 군자는 용모에 세 가지 변화가 있습니다. 멀리서 보면 장엄하고, 가까이 접하면 온화하여 친근감이 느껴지고, 그 말을 들으면 서릿발처럼 엄정하여 침범할 수 없습니다."

329) 군자와 정치

자하가 말하였다.

"군자는 먼저 백성의 신임을 받는 것이 중요합니다. 백성에게 일을 시킬 때 신임을 얻지 않으면, 자신들을 괴롭힌다고 원망하게 됩니다. 또 임금에게는 크게 신임을 얻은 다음에 간해야 합니다. 그렇지 않으면 임금을 훼방하는 자라고 멀리하게 됩니다."

330) 천하의 악(惡)을 모두 들은 ①주왕(紂王)

자공이 말하였다.

"은나라 주왕은 포악무도한 왕이라고 하는데, 우리가 생각하는 것처럼 그렇게 심한 것이 아니었던 것 같소. 평소 행실이 나쁘므로 깊은 곳으로 물이 모이듯, 악한 사람들이 주왕 밑에 모였소. 그러나 군자는 그런 더러운 곳에 있기를 싫어하오. 그리고 그가 악하다는 소문이 나자, 세상의 모든 악한 일은 그에게로 돌리게 되었소."

① II-23) 참조.

331) 군자의 잘못은 일식(日蝕)과 같다

자공이 말하였다.

"①군자에게도 잘못이 있습니다. 그러나 군자는 소인과 달리 잘못을 감추지 않으므로 사람들은 그것을 보고 군자에게도 저런 잘못이 있나 하고 놀라는데, 마치 월식(月蝕)이나 일식을 보고 놀라는 것과 같습니다. 그러나 군자는 잘못을 고치므로 '과연 군자로군.' 하고 우러러보게 됩니다. 마치 가렸던 것이 벗겨진 해와 같이 그 찬란한 빛을 다시 우러러보게 되는 것과 같습니다."

① II-260), II-327) 참조.

332) 천명(天命)을 알고, 예를 알고, 말을 안다

"군자가 군자다운 까닭은 천명을 알고, 예를 알고, 말을 아는 데 있습니다. 천명은 하늘이 나에게 부여한 역사적 사명을 아는 것이요, 예는 사람으로서 마땅히 지켜야 할 규범을 아는 것이요, 말은 사람의 옳고 그른 것을 판단할 줄 아는 것입니다.

이처럼 천명을 알고, 예를 알고, 말을 아는 이 세 가지는 위로 하늘과 통하고, 안으로 자기를 이루고, 밖으로 사람을 대하는 군자의 몸가짐입니다."

11. 정치

333) 정치의 근본인 덕(德)

"①도덕을 정치의 근본으로 삼으면 온 백성의 마음이 그 위정자에게 돌아갑니다. 마치 북극성이 일정한 자리에 있으면 뭇 별이 북극성을 중심으로 도는 것과 같습니다."

> ① 여기서 공자는 동양 정치의 기본이념으로 내세운 덕치주의(德治主義)를 말하였다.

334) 법보다 덕이 근본이다

"백성을 법률이나 명령만의 정치로 인도하고, 형벌로 다스리면, 백성은 벌 받는 일만 면하려고 할 것이며, 잘못하고도 부끄러워하지 않게 됩니다. 오히려 백성을 도덕으로 인도하고 ①예의로 다스린다면 잘못을 부끄러워하고 스스로 선(善)에 이르게 됩니다."

> ① 공자의 정치학은 또한 예치주의(禮治主義)이다. 예의는 도덕적 진리를 현실화한 것이다.

335) 정치의 의의

이욕(利慾)에 빠진 ①계강자(季康子)가 공자에게 정치의 의의를 물었다. 공자께서 말씀하셨다.

"정치의 정(政)이란 바로잡는다는 뜻이오. 사람의 부정을 바로잡고, 선하게 하는 것이오. 그러나 스스로 바르지 않다면 아무것도 바로잡을 수가 없소. 만일 당신이 솔선하여 바른 도를 행한다면 누가 감히 부정한 일을 하겠소?"

① II-347), II-354) 참조.

336) 정치가의 성실함

백성을 사랑하나 성실함이 부족한 자장이 공자께 물었다.

"정치하는 방법은 무엇입니까?"

공자께서 말씀하셨다.

"①위정자가 되었다면 게으르지 말고, 무엇을 하거나 성실을 다하는 것이오."

① II-341) 참조.

337) 예와 겸양(謙讓)으로 다스려야 한다

"예와 겸양으로 나라를 다스린다면 무슨 어려움이 있겠습니까? 예와 겸양으로 나라를 다스리지 않으면, 형식적인 예가 무슨 소용이 있겠습니까?"

338) 위정자의 몸가짐

"위정자의 몸가짐이 바르다면 명령하지 않아도 그 덕으로 백성이 교화되고, 부정을 행한다면 아무리 엄한 명령을 내려도 백성은 복종하지 않습니다."

339) 위정자 먼저 자신을 바로잡으라

"만일 위정자가 자기 한몸을 바로잡을 수 있다면, 나라 정치쯤 무엇이 그렇게 어렵겠습니까? 그러나 만일 자기 몸 하나 바로잡을 수 없다면, 어떻게 백성을 바로잡는 일, 곧 착한 정치를 ①할 수 있겠습니까?"

① II-338), II-341) 참조.

340) 예를 좋아하는 윗사람의 교화

"윗사람이 예를 좋아하면, 백성도 그 교화로 서로 사양하고, 위아래의 질서를 지키므로 다스리기가 쉽습니다."

341) 위정자는 모범을 보이라

자로가 공자께 정치를 물었다.

"솔선하여 모범을 보이오. 그리고 백성이 하는 일

을 몸소 위로하오."

자로가 말하였다.

"좀더 말씀해 주십시오."

공자 "지금 말한 두 가지 일을 게을리하지 마오."

342) 정치의 은혜와 덕

섭공(葉公)이 정치를 공자께 물었다. 공자께서 말
씀하셨다.

"가까운 데 있는 백성은 혜택을 입어 기뻐하고,
먼 데 있는 백성은 덕을 사모하여 모여들게 하는
것입니다."

343) 세 가지 정책

"①제후가 나라를 다스릴 때는 첫째, 모든 일을 신
중히 처리하고 백성의 신용을 얻어야 합니다. 둘
째, 나라의 재정(財政)을 절약하고 백성을 진심으
로 사랑해야 합니다. 셋째, 백성을 공사(公事)에
부릴 때는 농사 짓는 시기나 백성의 일에 지장이
있는 때를 피하여야 합니다."

> ① 원문은 '천승(千乘)의 나라' 즉 병거(兵車) 천
> 대를 낼 수 있는 큰 나라. 천자는 만승, 제후는 천
> 승, 대부는 백승이라 하였다.

344) 성군(聖君)의 정치

요임금이 임금 자리를 순에게 물려 줄 때, 다음과 같이 훈계하였다.

"아아, 순이여! 하늘의 운수, 천하에 임금 될 차례가 지금 그대에게 돌아왔소. 임금이 되면 진실된 마음으로 한편에 치우치지 말고, 중용의 길을 지키시오. 만일 그대가 중요의 도에서 벗어나 천하 백성을 곤궁에 빠뜨린다면, 모처럼 하늘이 준 천자의 영광도 영원히 끊어질 것이오."

순임금도 그 뒤에, 또 이 말을 우임금께 명하였다.

은나라 탕(湯)임금이 하나라 걸왕(桀王)을 쳤을 때 말하였다.

"하느님의 어린 아들 이(履, 탕왕의 이름)는 감히 검은 소를 제물 삼아 황송한 마음으로 거룩하신 하느님께 밝혀 고합니다. 저는 하늘을 대신하여 행하는 자로 걸(桀)의 죄를 용서할 수 없습니다. 또 하느님의 신하인 백성 가운데 아름다운 사람을 버리지 않고 등용하겠습니다. 그리고 누구에게 죄가 있고 누구에게 선행이 있는지 모두 하느님의 뜻에 맡기고, 결코 사심을 내세우지 않겠습니다. 만일 제게 죄가 있다면 그 죄를 온 백성에게 미치지 않게 하소서. 만일 온 백성에게 죄가 있다면 그 죄는 저 한몸이 받겠습니다."

주(周) 무왕이 은 주왕을 칠 때 하늘에 맹세하여 말하였다.

"주나라에는 하늘이 주신 큰 선물이 있습니다. 착한 사람이 많이 있는 것입니다. 가령 남이라 할지라도 착한 사람이 많다는 것은 가까운 친척이 있는 것보다 낫습니다. 만일 천하 백성에게 잘못이 있다면, 그 책임은 저 한몸에 있습니다."

그리고 나라를 다스릴 때 먼저 저울과 되 등 도량을 바로잡아야 한다. 그것으로 주거나 받을 때 질서가 바로잡히고 백성은 서로 신뢰하게 된다. 다음 예악·법제를 상세히 수정하고, 사회 질서를 유지해야 한다. 다음 문란해진 관직을 시정하고, 관청 조직을 확립해야 한다. 이것을 중앙의 천자가 할 수 있으면 방방곡곡에서 정치가 훌륭하게 이루어진다.

다음 망한 나라를 다시 일으켜 주고, 끊어진 가문을 잇게 하고, 세상에 숨어 있는 어진 사람을 등용하고, 인덕(仁德) 위에 선 정치를 한다면 천하의 백성은 진심으로 사모하여 복종해 올 것이다.

그리고 가장 소중한 것은 백성의 식생활과, 사람이 죽었을 때 지내는 상례와, 조상의 제사를 안심하고 행할 수 있는 것이다.

그리고 마지막으로 위정자 자신의 몸가짐에 대하여 말하면, 첫째, 너그러워야 한다. 너그러우면 백성의 마음을 얻을 수 있다. 둘째, 진실해야 한다. 진실하다면 백성은 위정자를 믿고 일을 맡긴다. 셋째, 민활해야 한다. 민활하게 일할 때만 성공할 수 있다. 넷째, 공평하고 사사로움이 없다면 사람은 기뻐하고 만족한다. 이 네 가지 덕을 위정자는 한순간도 잊지 말고 게으르지 않아야 한다.

345) 적은 것을 걱정하지 말고, 균등하지 않은 것을 걱정하라

노나라 대부 계씨가 그 속국인 전유(顓臾)를 쳐서 영토를 넓히고자 하였다. 그때 계씨의 가신으로 있던 공자의 제자 염유와 계로는 선생인 공자를 만나,

"계씨가 전유를 치려고 합니다만 어떨까요?"

라고 ⓘ의견을 물었다. 공자께서 염유에게 말씀하셨다.

"여보게, 그것은 그대의 잘못이 아니오. 전유는 본

래 선왕께서 동몽산(東蒙山) 기슭에 영지를 주어 산(山) 제사를 주관하게 한 나라요. 노나라 영토 안의 나라이고, 국가 사직(社稷)의 신하이지 않소? 계씨가 이 나라를 치는 것은 선왕의 명령을 무시하고, 공실(公室)을 보호하는 신하를 제거하는 셈이 아니오? 무엇 때문에 전유를 친단 말이오?"

염유가 변명하였다.

"저희 주인 대부가 치려는 것입니다. 저희는 반대하였습니다만."

공자 "여보게! 찬성하지 않는다면 왜 간하여 반대하지 않소? 옛날 어진 사관 주임(周任)이 '힘을 다해 그 직분을 다하고 감당할 수 없거든 사직하라.' 하였소. '도대체 나라가 위태해도 바로잡지 못하고, 뒤집힐 위험에서 붙들지 못한다면 나라에 재상을 두어 무엇하랴?' 하였소. 더욱이 그대의 주인 대부가 원한다고 말한 것은 잘못이오. 죄를 주인에게만 씌우고 자기는 아무 잘못이 없다는 말투인데, 큰 잘못이오. 비유를 들면, 가두어 둔 범이나 들소가 우리에서 뛰쳐나오거나 귀갑(龜甲)이나 옥 같은 보물이 궤 속에서 부서졌다면 누구 책임이겠소? 우리를 지키거나 궤를 지킨 자의 잘못이 아니겠소? 계씨의 잘못은 곧 그를 보좌한 그대들 두 사람의 잘못이 아니오?"

이렇게 엄한 추궁을 받은 염유는 다른 이유를 들어 말하였다.

염유 "지금 저 전유는 성이 견고할 뿐 아니라, 계씨의 영토인 비(費) 땅에서 가깝습니다. 지금 쳐서 빼앗지 않으면, 나중에 반드시 계씨 자손의 걱정거리가 될 것입니다."

공자 "여보게, 솔직히 말하오. 군자는 원한다면 원한다고 하지 않고 이리저리 핑계 대는 사람을 미워하오. 나는 이런 말을 들었소. '나라를 가진 제후나 집을 가진 대부는 물자가 모자라는 것을 근심하지 않고, 백성에게 고루 나누어 주었는지를 근심하며, 백성의 가난한 살림을 근심하지 않고, 백성이 안정되어 있는지를 근심한다.' 그것은 백성이 고르게 나누어 가졌다면 가난하지 않고, 백성이 서로 화목하다면 인구가 적은 것을 근심할 필요가 없소. 생활이 안정되었다면 나라가 망할 우려가 없으므로, 먼 데 있는 사람이 복종하지 않는다면 도덕 교육과 문화를 일으켜 스스로 사모하여 모여들게 하고, 모여들면 그들을 인도하고 살게 해야 하오. 무력으로 정복하다니 말이 안 되오. 그런데 지금 그대들은 계씨를 보좌하여 먼 데 있는 사람이 진심으로 복종하여 오도록 하지 않고, 나라는 여러 갈래로 나뉘어 수습할 수도 없게 되었소. 그런데 또 한 나라에서 전쟁을 일으킬 계획을 하다니 말이 되오? 나는 계손씨의 장래의 우환은 먼 전유가 아니라, 가까운 울타리 안에 있다고 생각하오. 곧 가까운 곳에서 반란이 일어날까 걱정되오."

① 염유와 계로는 자기네가 계씨의 신하로 있으면서 그런 일이 생겨, 공자께 꾸지람을 들을까 염려하였다. Ⅰ-64), Ⅱ-144) 참조.

346) 다섯 가지 미덕(美德)과 네 가지 악(惡)

자장이 공자께 물었다.

"어떻게 하면 바른 정치를 할 수 있습니까?"

공자께서 말씀하셨다.

"다섯 가지 미덕(美德)을 존중하고, 네 가지 악(惡)을 물리친다면 바른 정치에 종사할 수 있소."

자장 "무엇을 다섯 가지 미덕이라 합니까?"

공자 "군자는 은혜를 베푸는 데 재물을 낭비하지 않아야 하오. 군자는 백성에게 힘든 일을 시키는데 원망을 받게 하지 않아야 하오. 군자는 욕망이 있기는 하나 남의 것을 탐내지 않아야 하오. 군자는 태연하나 교만하지 않아야 하오. 군자는 위엄이 있으나 그렇다고 남을 해치는 사나움이 없어야 하오. 이것이 다섯 가지 미덕이오."

자장 "어떤 행위가 은혜를 베푸는 데 재물을 낭비하지 않는다는 뜻입니까?"

공자 "백성이 자기 이익이라고 생각하는 것으로 백성에게 이익을 주어야 하는데, 즉 농업 개발이라든가 산림 개발을 이익이라고 생각한다면 거기에 알맞은 정치를 한다면 그것이 은혜를 베푸는 데 낭비하지 않는다는 말이 아니겠소.

백성에게 일을 시킬 만한 정당한 이유가 있을 때 시킨다면 아무도 원망하지 않을 것이오. 가령 수해(水害)로 괴로워하는 백성에게 방수(防水) 작업을 시킨다면 누가 원망하겠소?

군자가 원하는 것은 바른 도와 인이라면 인도를 얻고자 원할 때 백이·숙제가 인을 구하고 인을 얻은 것처럼 하고, 민심을 인을 향해 일으킬 수 있다면 그 이상 무엇을 탐내겠소.

군자는 상대가 많으나 적으나, 일이 크나 작으나 관계없이 상대를 업신여기지 않고, 항상 부드럽고 겸허하게 대한다면 그것은 태연하나 교만하지 않은 것이 아니겠소?

군자가 의관을 바로잡고 마음 쓸 곳에만 주의를
기울이고 그 용모가 태연하다면, 백성은 두려워하
고 공경하오. 이것이 위엄은 있으나 사납지 않다
는 뜻이 아니겠소?"

자장 "그러면 무엇을 네 가지 악이라 합니까?"

공자 "잔학(殘虐), 횡포(橫暴), 잔적(殘賊), 인색(吝
嗇)이오.

군자가 교육을 게을리하고, 백성이 해야 할 것과
하지 않아야 할 것을 가르치지 않고, 죄를 범하
였다고 죽이는 것을 잔학하다 하오.

평소 백성에게 주의나 경고하고, 명령을 따르도록
인도하지 않고, 갑자기 백성에게 일의 실적을 보
이라고 못살게 구는 것을 횡포라 하오.

명령을 늦추어 놓고서 마지막 기한을 엄중히 재
촉하는 것을 잔적, 또는 백성의 생활을 훔치는 자
라 하오.

주어야 할 것인데도 그것을 줄 때 아까워하는 것
이 인색이니, 관직에 있는 사람으로서 할 일이 못
되오.

이상을 네 가지 악이라 하는데 위정자가 명심해
야 할 일이오."

347) 도둑을 없애는 법

계강자가 노나라에 도둑이 많음을 걱정하여 공자께 물었다.

"어떻게 하면 좋겠습니까?"

공자께서 말씀하셨다.

"만일 당신이 먼저 이욕에 탐내지 않고 청렴하다면, 상을 주면서 도둑을 장려해도 백성이 도둑질하지 않을 것이오."

348) 제정일치(祭政一致)

증자가 말하였다.

"부모님이 돌아가신 날에 ①신중을 다하여 장례(葬禮)를 극진히 하며 조상을 추도하여 제사에 정성을 다한다면, 백성이 자연히 감화되어 인정과 풍습이 저절로 인후(仁厚)한 데로 ②돌아오게 됩니다."

> ① 조상 숭배와 제사는 동양 도덕이 가장 중요시한 것이다. II-252) 참조.
> ② II-226) 참조.

349) 군자와 소인의 직분

①번지(樊遲)가 농사에 대하여 공자께 물었다. 공

자께서는 조금 야유하듯 대답하셨다.

"나는 밭 가는 늙은 농부만 못하오."

번지는 공자의 마음을 알아채지 못하고 다시,

"채소 심는 법을 가르쳐 주십시오."

라고 청하였다. 그러자 공자께서 말씀하셨다.

"나는 채소 가꾸는 노련한 포정(圃丁)만 못하오."

번지는 공자의 뜻을 모르고 물러갔다. 공자는 다른 제자들에게 말씀하셨다.

"번지야말로 농사나 지을 시골 평민이오. 윗사람이 예(禮)를 좋아한다면 아랫사람인 백성은 자연히 윗사람을 존경하지 않을 수 없소. 윗사람이 의(義)를 좋아하고 바르게 행한다면 아랫사람인 백성은 복종하지 않을 수 없소. 윗사람이 신(信)을 좋아하고 성실하면 아랫사람인 백성이 스스로 진심을 다하게 될 것이오. 그렇게 되면 나라가 잘 다스려지고, 사방의 백성까지 그러한 위정자를 사모하여 아들딸을 등에 업고 몰려오지 않겠소? 그러면 나라는 인구가 늘고 자연히 농사도 크게 일어날 것이오. 위정자는 나라 다스리기에도 바쁠 텐데 어떻게 스스로 농사에 대하여 배울 필요가 있겠소?"

① 자는 자지(子遲). 공자의 제자로 공자보다 36

세 아래였다.

350) 지식 · 인덕 · 장엄 · 예

"위정자의 지혜가 그 지혜를 유지할 만하더라도 ①인덕으로 그 지위를 지킬 수 없다면, 그 자리를 얻었다 하더라도 마침내 잃을 것입니다. 지혜가 그 지위를 유지할 만하고, 인덕으로 그 자리를 지킬 만할지라도 장엄한 모습으로 백성에게 임하지 않는다면 백성은 위정자를 존경하지 않을 것입니다. 백성을 예로 움직일 수 없다면 아직 완전하다고 할 수 없습니다."

① Ⅱ-334) 참조.

351) 폭력보다 예

공자께서 덕보다 폭력이 횡행(橫行)하는 당시의 세태를 한탄하셨다.

"옛날 활 쏘는 데는 몸을 바로잡고, 예절에 맞게 하는 것을 소중히 여겼고, 과녁을 맞추는 데 주력하지 않았소. 또 백성에게 부역(賦役)을 시켜도 힘의 강약에 따라 차등(差等)을 매기고 똑같은 ①일을 시키지 않았소. 이것이 옛 도요. 예에 맞는 것이었소."

① 이 번역에 다른 설이 있다. 즉 '과녁을 맞추는

데 주력하지 않은 것은 힘이 다르기 때문이다.'라
는 뜻으로 본다.

352) 먼저 문물제도를 바로잡으라

안회가 공자께 나라 다스리는 도를 물었다. 공자
께서 말씀하셨다.

"달력은 백성이 농사짓기에 편리한 하(夏)나라 때
역법(曆法)을 사용하고, 수레는 검소한 은(殷)나
라 때 노(輅)를 타고, 의관은 훌륭하나 사치하지
않은 주(周)나라 때 관을 쓰고, 음악은 선(善)과
미(美)를 다한 순임금 때 ①소악(韶樂)과 무용을
취하고, 추잡한 정(鄭)나라의 음악[정성鄭聲]을 금
하는 것이 좋소. 그리고 아첨하는 소인을 멀리하
시오. 정성은 음탕하여 백성의 순박한 풍습을 해
치고, 또 아첨하는 소인은 질서를 어지럽혀 나라
를 위태롭게 하기 때문이오."

　　　　① Ⅰ-44), Ⅰ-45) 참조.

353) 나라를 부강하게 하는 법

노나라 애공이 백성에게 세금을 더 받고 싶은 마
음이 있어, 공자의 제자 유약(有若)에게 물었다.
"금년은 흉년이 들어 백성이 세금을 잘 내지 못하
여 나라의 경비가 모자라오. 어찌하면 좋겠소?"

유약이 말하였다.

"어째서 1할을 받는 11세법을 쓰지 않습니까?"

애공 "저는 이미 2할을 받는 12세법을 쓰고 있는데, 그래도 모자랍니다. 그런데 어떻게 1할을 받는 세법을 쓸 수 있겠습니까?"

유약 "군신은 한몸이라고 하는데, 백성이 풍족하게 살면 임금도 풍족하게 살고, 백성이 가난하면 임금도 가난하게 됩니다. 만일 백성이 세금을 적게 내어 모두 풍족하게 산다면 임금은 누구와 함께 나는 모자란다고 하겠습니까? 만일 백성이 세금을 많이 내어 가난하게 산다면 임금은 누구와 함께 풍족하다고 하겠습니까? 흉작으로 인한 재정의 구제 방법은, 세금을 줄여 백성을 돕고, 나라의 힘을 회복하는 길밖에 없지 않겠습니까?"

354) 윗물이 맑아야 아랫물이 맑다

노나라 대부 ①계강자는 백성을 위하지 않고 백성의 충성만을 원하는 정치가였다. 어느 날 계강자가 공자에게 물었다.

"어떻게 하면 제가 백성에게 존경을 받고, 충성을 다하게 하며, 좋은 일을 서로 하자고 권할 수 있습니까?"

공자께서 말씀하셨다.

"윗사람이 백성을 대할 때 언행을 삼가며 거동(擧動)을 정중하게 하면 백성은 자연히 존경할 것입니다. 자기 부모에게 효도를 다하여 순종하고 아랫사람을 사랑하면 백성은 충성을 다할 것입니다. 착한 사람을 등용하고 뛰어나지 않은 백성을 가르쳐 이끌어 준다면 백성은 자연히 좋은 일을 서로 하자고 권할 것입니다."

① II-335), II-347) 참조.

355) 위정자의 덕은 바람과 같다

계강자가 공자께 정치에 대하여 물었다.

"나라가 잘 다스려지지 않는 것은 무도(無道)한 사람이 많기 때문이 아닙니까? 만일 그런 무도한 사람을 죽이고 백성을 올바른 방향으로 나아가게 한다면 어떻습니까?"

공자께서 말씀하셨다.

"당신이 만일 선을 추구한다면 백성들도 착한 길을 걷지 않겠소? 정치한다는 사람이 어떻게 사람을 죽이겠다고 하오? 위정자의 덕은 비유하면 바람과 같으며, 백성의 덕은 풀과 같은 것이오. 풀 위에 바람이 불면 풀은 반드시 눕게 되오."

356) 임금이 예의가 있으면 신하가 충성한다

정공의 신하 맹손(孟孫), 숙손(叔孫), 계손(季孫)이 권력을 남용하므로 정공이 걱정되어 공자께 물었다.

"임금이 신하를 다스리고, 신하가 임금을 섬기는 도는 어떻게 해야 합니까?"

공자께서 말씀하셨다.

"임금께서는 신하를 예로 대우하고, 신하는 임금에게 충성을 다하여 섬겨야 합니다."

357) 어진 신하가 있으면 망하지 않는다

공자께서 ①위나라 영공(靈公)이 무도(無道)한 것에 대하여 말씀하셨다. 이 말을 들은 노나라 대부 계강자가 물었다.

"위영공이 그렇게 무도한데, 어떻게 나라가 망하지 않습니까?"

공자께서 말씀하셨다.

"위나라에는 인재가 많지요. ②중숙어(仲叔圉)는 외교를 맡아 외국 손님을 잘 접대하였고, 축관(祝官) 타(鮀)는 종묘 제사를 잘 지내어 조상을 숭배하였고, 왕손가(王孫賈)는 군사를 잘 거느려 나라를 지켰소. 그러므로 망할 리가 없지요."

① II-306) 참조.
② 공문자(孔文子). II-104) 참조.

358) 임금은 상중(喪中)에는 정치하지 않는다

자장이 공자께 물었다.

"'《서경》에 고종(高宗)이 상중 3년 동안 정치에
대하여 말하지 않았다.'라고 하였는데 무슨 뜻입니
까?"

공자께서 말씀하셨다.

"어찌 고종뿐이겠소? 옛날 사람은 모두 그렇게 하
였소. 임금이 죽으면 여러 관리가 모두 자기 직
무를 잘 다스리고 총리의 지휘에 따랐소."

359) 덕(德)의 정치

"임금 자신은 아무것도 하는 일이 없으나, 적당한
사람에게 각각 일을 맡겨 나라를 잘 다스린 분은
순임금이오. 순임금은 무엇을 하셨을까요? 몸을
공손히 하고 임금 ①자리에 앉아 있었을 뿐이오."

① II-382), II-398) 참조.

360) 인재를 등용하는 법

①중궁(仲弓)이 계씨의 가재(家宰)로 있을 때, 공

자께 정치하는 법을 물었다. 공자께서 말씀하셨다.
"가재는 총 관리를 해야 하오. 그러므로 모든 일은
먼저 소속 관리에게 맡겨 처리하게 하고, 조금 잘
못이 있더라도 용서할 수 있는 아량이 있어야 하고,
어진 인재를 찾아 등용해야 하오."

중궁이 물었다.

"어떻게 알고 어진 인재를 등용할 수 있습니까?"

공자 "먼저 그대가 아는 어진 인재를 등용하오. 그
러면 그 등용된 사람이 또 자네를 위하여 자기가
알고 있는 좋은 사람을 추천할 것이오."

① 염옹(冉雍)의 자. 노나라의 실권을 잡은 계씨
가문의 일을 맡아 하였다.

361) 인(仁)은 사람을 사랑하는 것이다

번지가 인에 대하여 물었다. 공자께서 말씀하셨다.
"사람을 사랑하는 것이오."

또 번지는 아는 것이 무엇인지 물었다.

공자 "사람을 아는 것이오."

그러나 번지는 사람을 아는 것이 무슨 뜻인지 알
수 없었다.

공자 "곧은 사람을 들어 쓰고, 굽은 사람을 버려
두면, 굽은 사람을 곧게 할 수 있소. 이렇게 하는

것이 아는 것이오."

번지가 아직도 참뜻을 몰랐는지 자하를 만나 물었다.

번지 "아까 선생님은 아는 것을 물었더니 '곧은 사람을 들어 쓰고, 굽은 사람을 버려두면, 굽은 사람을 곧게 할 수 있다.'고 하셨는데, 무슨 뜻인가요?"

자하 "선생님의 말씀은 뜻깊은 말씀이오. 옛날 순임금이 천하를 다스릴 때 백성 가운데서 어진 사람인 고요(皐陶)를 등용하니, 인하지 않은 사람은 멀리 물러갔지요. 탕임금이 천하를 다스릴 때 백성 가운데서 어진 사람인 이윤(伊尹)을 등용해 재상으로 삼으니, 인하지 않은 사람이 멀리 물러갔지요. 이렇듯 사람을 아는 것이 소중한 까닭에 선생님은 아는 것이란 사람을 아는 것이라고 하셨겠지요."

362) 백성이 복종하지 않는 이유

노나라 임금 ①애공(哀公)은 어진 사람을 등용할 줄 몰랐다. 어느 날 애공이 공자에게 물었다.

"어떻게 하면 백성이 복종하겠습니까?"

공자께서 말씀하셨다.

"정직한 사람을 등용하여, 정직하지 않은 사람보다 높은 자리에 두면 백성이 복종합니다. 반대로 정직하지 않은 사람을 등용하여 정직한 사람보다 높은 자리에 두면 백성은 복종하지 않습니다."

> ① 이름은 장(將). 공자는 애공을 섬겨 간(諫)하였으나, 그 진언(進言)은 효과가 없었고, 노나라는 쇠약해졌다.

363) 부하를 추천한 공숙문자

위나라 대부 공숙문자는 자기 집 가신이던 선(僎)을 추천하여, 자기와 같은 대부 지위로 위나라 정사에 참여하게 하였다. 공자께서 이 말을 들으시고 칭찬하셨다.

"자기 집 가신이라도 어진 사람이라면 추천하여 동료가 되게 하였으니, 과연 문(文)이란 시호를 얻을 만한 인물이오."

364) 관직의 도둑

"노나라 대부 ①장문중은 벼슬을 훔치는 사람일까? ②유하혜(柳下惠)라는 어진 사람이 있는 줄 알면서도 그를 추천하여 함께 조정에 서서 좋은 정치를 하려 하지 않았소."

> ① Ⅱ-180) 참조.

② 성은 전(展). 노나라 대부. II-223) 참조.

365) 백성의 범죄는 위정자에게 책임이 있다

노나라 대부 맹손씨가 증자의 제자 양부(陽膚)를 옥관(獄官)을 다스리는 사법장관에 임명하였다. 양부가 증자에게 사법장관으로 감옥 다스리는 도리를 물었다. 증자가 말하였다.

"정부 관리가 선정을 베풀지 않고 도의는 타락하고, 백성은 생활 때문에 흩어진 지 이미 오래되었소. 범죄는 백성의 잘못만이 아니라 악정(惡政) 때문이오. 그리하여 죄를 짓게 되므로, 이 실정을 잘 알아 감옥을 다스릴 때 불쌍히 여겨야 하고, ①죄를 적발하여 세운 공을 기뻐하지 않아야 하오."

① II-231) 참조.

366) 선인(善人)의 정치

"옛말에 '착한 사람이 뒤이어 백 년 동안 나라를 다스린다면 잔인한 사람을 선량하게 감화하고, 사형을 없앨 수 있다.' 하였는데, 이 말은 정말입니다."

367) 정치는 힘들다

"만일 이 세상에 인덕을 갖춘 참 왕자가 나올지라도 30년은 걸려야 인정(仁政)을 온 세상에 베풀 수 있을 것입니다."

368) 작은 이익을 탐내면, 큰일을 못한다

자하가 노나라의 작은 읍 거보(莒父)의 읍장이 되었을 때, 정책에 대하여 공자께 물었다. 공자께서 말씀하셨다.

"정치할 때, 성과를 올리려고 마을 일을 급히 서둘러서 하면 안 되오. 또 작은 이익을 탐내지 않아야 하오. 일을 서둘러 성과를 올리려고 하다가는 오히려 목적을 이루지 못하고, 작은 이익을 탐내다가는 온 세상에 도움이 될 큰일을 이루지 못하게 되오."

369) 정치와 도덕 질서

①군신 간의 질서가 문란한 제나라의 경공(景公)이 공자께 정치를 물었다. 공자께서 말씀하셨다.

"②임금은 임금다워야 하고, 신하는 신하다워야 하고, 아버지는 아버지다워야 하고, 아들은 아들다워야 합니다."

경공이 말하였다.

"좋은 말씀이오! 참으로 임금이 임금답지 않고, 신하가 신하답지 않고, 아버지가 아버지답지 않고, 아들이 아들답지 않으면 비록 양식이 있어도 내가 어떻게 안심하고 먹을 수 있겠소?"

① 당시 제나라에서는 대부 진씨(陳氏)가 임금을 무시하고 정권을 좌우하였다. 또 경공은 많은 부인이 있어서 태자(太子)를 세우는 데 분란이 있었다.
② Ⅱ-377) 정명(正名) 사상과 비교할 것.

370) 여론에 미혹되지 말라

"모든 사람이 한결같이 싫어하더라도 세상의 여론만을 믿지 말고 충분히 그 진상을 살펴야 하며, 모든 사람이 한결같이 좋다고 하더라도 그대로 믿지 말고, 반드시 그 진상을 살펴야 합니다. 윗사람은 대중이 좋아하고 싫어하는 것에 ①미혹되지 말고, 사실을 잘 파악하여 판단을 그르치지 않아야 합니다."

① Ⅱ-200) 참조.

371) 백성을 법에 따르게 하나, 그 과정을 알게 할 수는 없다

"백성은 나라에서 만든 법에 따르게 할 수 있으나, 모든 백성에게 하나하나 그 제정된 이유를 알릴 수는 없습니다."

372) 너무 미워하면 반란(反亂)을 일으킨다

"용감한 것을 좋아하는데 가난을 미워하고 싫어
하는 사람은 자칫 질서 없는 상태를 일으키게 됩
니다. 덕이 없고 인하지 않은 사람을 정의감으로
미워하는 것은 좋으나, 미워함이 심하면 오히려
그로 하여금 반란을 일으키게 하기 쉽습니다."

373) 정(鄭)나라에서 외교문서를 정중히 꾸미다

"정나라에서 외교문서를 꾸밀 때 처음에 일을 잘
꾸미는 비심(裨諶)이 초안을 썼고, 다음에 박학한
세숙(世叔)이 고전을 살펴 의리를 바로잡고 초안
의 잘잘못을 검토하고, 다음에 수식에 뛰어난 자
우(子羽)가 문장을 수정하고, 다음에 동리(東里)
에 살던 ①자산(子産)이 문장을 아름답게 꾸며 완
성하였습니다. 정나라의 국교 문서는 이렇게 애
써 만들었으므로 제후와 사귈 때 실패가 없었습
니다."

① Ⅱ-270) 참조.

374) 정치에 대한 공자의 자신(自信)

"가령 나를 등용하여 정치를 맡긴다면 1년이라도 좋습니다. 상당한 성과를 보이겠습니다. 만일 또 3년을 다스리게 한다면 반드시 훌륭한 성과를 보이겠습니다."

375) 공자의 정치적 자세

①자금(子禽)이 ②자공에게 물었다.

"선생님께서 어디를 가시든지 반드시 그 나라의 정치를 물어보십니다. 그런데 선생님께서 자청하시는 겁니까? 아니면 임금이 선생님께 청하는 겁니까?"

자공이 말하였다.

"선생님께서는 온화, 정직, 공경, 겸양의 덕을 갖추셨습니다. 그래서 그들이 선생님의 인격을 추앙하여 정치를 물어봅니다. 선생님의 이러한 태도는 세상 사람들이 자청해서 정치를 말하는 태도와는 다릅니다."

> ① 성은 진(陳), 이름은 항(亢). 자금은 자이다.
> ② Ⅰ-13), Ⅰ-33), Ⅱ-164), Ⅱ-253) 참조.

376) 효행과 우애는 정치의 출발점이다

어떤 사람이 공자에게 물었다.

"선생님은 왜 조정(朝廷)에서 정치하지 않으십니까?"

공자께서 말씀하셨다.

"《상서(尙書)》에 '①소중한 것은 효도다. 부모에게 효도하고 형제끼리 우애로 지내면, 그것을 정치에 시행한다.' 하였습니다. 가정을 다스리는 것도 정치요, 반드시 나라의 정치를 해야만 하는 법은 아닙니다."

> ① 효제(孝悌)의 윤리는 정치와 통한다고 공자는 보았다. 수신·제가·치국·평천하 사상이 철인(哲人) 정치가인 공자의 신념이다.

377) 정치는 명실일치(名實一致)가 첫째다

자로가 공자께 여쭈었다.

"지금 위나라 임금이 선생님을 부르시고 정치를 맡기려 합니다. 선생님께서는 무엇을 먼저 하시겠습니까?"

공자께서 말씀하셨다.

"먼저 ①명분을 바르게 잡겠소."

자로 "그러니까 세상 사람들이 선생님이 하시는 일이 현실과 너무 거리가 멀다고 말합니다. 이 소란한 세태에 어찌 명분 따위를 바로잡을 필요가 있습니까?"

공자 "자로여, 어찌 그리 야비하고 경솔한 말을 하오! 군자는 자기가 모르는 일이라면 입을 다물고 말하지 않는 법이오. 명분이 바르지 않으면 이름과 사실이 일치하지 않으므로 말이 도리에 따라 순조롭게 이루어질 수가 없소. 말이 도리에 따르지 않으면 혼란이 일어나고, 무엇이나 이루어질 수 없소. 그러면 특히 사람과 사람 사이를 원만히 하는 예나 사람과 사람 사이를 융화하는 음악이 일어나지 못하오. 예악이 일어나지 못하면 형벌(刑罰)이 공평을 잃게 되고, 형벌이 공평하지 않게 되면 백성은 불안해서 발을 뻗고 편안히 살 수가 없게 되오. 그래서 나는 '명분을 바로잡겠다.' 하였소. 군자란 명분이 서면 반드시 정당한 말을 하여야 하고, 말한 것은 반드시 실행하여야 하오. 군자는 무엇을 말하거나 경솔히 해서는 안 되오. 함부로 말해서는 안 되오."

① 명분을 밝힌다는 것에서 정명(正名) 사상이 전개되고, 여기서 정명 정치론이 나왔다.

378) 제(齊)나라의 미인계(美人計)

노나라는 공자를 등용하여 나라가 잘 다스려졌으므로 번영을 거듭하였다. 이웃 제나라는 이것을 두려워하여 방해하려고 미인 악대 80명을 뽑아 노나라에 보냈다. 대부 계환자(季桓子)는 반갑게 받아들이고 임금 정공과 함께 아침저녁으로 즐겁게 구경하느라, 3일씩이나 군신 조회를 하지 않았다. 공자는 함께 도를 행할 수 없다고 단념하고 사구(司寇) 벼슬을 버리고 노나라를 떠났다.

379) 주(周)나라의 선정(善政)을 실현하리라

계씨의 가신 공산불요(公山弗擾)는 자신이 다스리던 비읍(費邑)을 의거하여 반란을 일으키고 공자를 초청하였다. 공자는 공산불요에게 가려는 마음이 있었다. 자로가 좋게 여기지 않고 반대하였다.

"그만두십시오. 반역자 공산씨한테 갈 필요가 없지 않습니까?"

공자께서 말씀하셨다.

"부질없이 나를 부르지 않았겠지. 반드시 내 의견을 듣고자 한 것이오. 만일 나를 써주는 사람이 있다면 누구에게나 가서 명분을 바로잡고, 제도를 갖추고, 또 동방 노나라에 문무(文武), 주공(周公)의 도를 실천하고, ①서주(西周)의 정치를 재현하고 싶소."

① 공자의 이상은 번영을 다한 주나라의 재현이었

다.

380) ①우(禹)임금의 정치

"우임금이 천자로서 처세한 데 대하여 흠잡을 데가 없습니다. 자기 음식을 줄여 조상의 제물을 풍부하게 하여 효성을 극진히 다하였습니다. 입는 옷은 허름하였으나, 제복(祭服)은 매우 화려하게 하였고, 궁실은 간소하게 지었으나 밭도랑의 물길을 내는 데는 힘을 다하셨습니다. 우임금이야말로 흠잡을 데가 없습니다."

> ① 하(夏)나라 왕조를 세운 임금. 요임금을 섬겨 홍수를 잘 다스리고 민생을 안정시켰다.

381) 첫째 경제, 둘째 교육

공자가 위나라에 갔을 때, 염유가 수레를 몰았다. 공자가 수레에서 감탄하여 말씀하셨다.

"굉장히 인구(人口)가 많구려."

염유가 말하였다.

"정말 인구가 많은데, 그 위에 무엇을 하면 좋겠습니까?"

공자 "백성의 생활을 부유하게 해야 하오."

염유 "백성이 부유하고 생활이 향상된 다음에는 또 무엇을 해야 합니까?"

공자 "백성을 가르쳐야 하오."

382) 예와 조화

유자가 말하였다.

"①예를 운영할 때, 조화를 소중히 여겨야 합니다. 요순 같은 옛 임금이 정치하는 방법에도 이 조화를 소중히 여겼습니다. 이 조화가 잘 어울려 크고 작은 일이 모두 잘 되었습니다. 그러나 조화가 좋은 줄만 알고 예로 절제할 줄 모르면 역시 옳지 않습니다."

> ① 예는 사회생활에서 스스로 다스리는 행위의 규범, 사람의 정리를 기본으로 하고, 욕망을 도리에 맞게 조절하여 질서를 유지하는 행위의 규범이다. 여기서 예란 질서, 규범 등 넓은 뜻을 가진 말이다.

383) 위대한 요(堯)임금의 업적

"정말 위대하고 훌륭하십니다! 순과 요임금은 비천하게 자랐으나, 성천자(聖天子)란 말을 들을 만큼 천하를 잘 다스렸습니다. 그리고 천하를 물려받고서도 뽐내지 않고 겸손한 마음으로 도덕에 기초를 둔 평화를 이룩하기 위하여 많은 일을 신하에게 맡기고 간섭하지 않았으니, 더욱 위대하십니다."

384) 위대한 요임금의 정치

"위대하십니다! 요의 임금 되심이여! 높고 큰 것은 오직 하늘뿐인데, 요임금만이 저 하늘의 덕을 본받았습니다. 이 하늘의 덕을 자기 업적으로 한 요임금의 정치는 넓고 높아서 백성들이 말로 형용할 수 없었습니다. 하늘같이 높고 크게 이룩한 위업이여! 환히 빛나는 훌륭한 예악 제도의 문화여!"

385) 정권의 출처를 알면, 국가의 흥망(興亡)을 알 수 있다

"①세상에 바른 도가 이루어지고 있다면, 예악과 정벌(征伐)의 명령은 천자에게서 나옵니다. 그렇지 않으면 예악과 정벌의 명령이 제후에게서 나옵니다. 천자가 내릴 명령이 제후에게서 나오게 되면, 아마 10대에 이르러서는 정권을 잃지 않는 나라가 드물 것이고, 더욱 대부에게서 나온다면 계속되기 힘들 것입니다. 간신히 국정을 잡게 되면 3대도 계속되기 힘들 것입니다. 세상에 바른 도가 이루어지고 있다면, 한 나라 정권이 대부에게 있을 리 없고, 또한 일반 백성이 소란하게 정치를 왈가왈부할 필요가 없을 것입니다."

① 공자는 하극상(下剋上)의 흩어진 난세를 개탄
하였다. 이것을 바로잡고자 쓴 것이 춘추(春秋)이
다. Ⅱ-387)은 그 실례를 말한 것이다.

386) 질서가 무너지면 망한다

"벼슬과 녹을 주는 큰 권한이 노나라 공실에서 떠
나 선공, 성공, 양공, 소공, 정공에 이르기까지 5
대(代)요, 정치의 실권이 대부의 손으로 옮겨 간
지 계문자, 무자, 도자, 평자에 이르기까지 4대가
됩니다. 앞에서 말한 것처럼 중손, 숙손, 계손 세
집안의 자손이 쇠약하게 된 것은 당연합니다."

387) 대의(大義)를 거스른 계씨(季氏)

염유는 대부 계씨 집 가재(家宰)로, 계씨 집 조회
를 늦게 끝내고 돌아왔다.
공자가 염유에게 물었다.
"왜 이렇게 늦었소?"
염유가 말하였다.
"정치의 의논이 있었습니다."
공자 "그것은 계씨 집안의 사사로운 일이겠구려!
만일 노나라 국정에 관한 일이라면, 나도 대부 벼
슬을 하였으므로 국정에 참여해야 했을 텐데…."

그리하여 국정을 개인 집에서 본 계씨의 횡포를 경계하고 염유를 가르치셨다.

388) 무도(無道)한 위정자 아래서 벼슬하지 않는다

노나라 계씨가 공자의 제자 민자건을 자기 관할에 있는 비읍(費邑)의 읍장으로 삼으려고 사신을 보냈다. 계씨가 무도한 것을 아는 민자건은 사자(使者)에게 말하였다.

"저를 위해서 계씨 대부에게 정중하게 사절해 주십시오. 만일 거듭 권하러 온다면, 저는 반드시 제나라 문수(汶水) 가로 망명할 것입니다."

389) 군주의 도(道)

노공(魯公)이 된 아들 백금(伯禽)에게 아버지 주공(周公) 단(旦)이 훈계하였다.

"임금 된 자는 첫째, 자기 친족을 버리지 않는다. 둘째, 대신에게 자기 의견을 써주지 않는다는 원망을 들어서는 안 된다. 셋째, 옛 친구 가운데 반역 같은 큰 죄가 없는 한 버리지 않는다. 끝으로 사람의 능력은 장단이 있으므로 한 사람에게서 완전무결함을 구하지 않는다."

390) 정치를 맡길 만한 제자

노나라의 대부 계강자가 정치를 담당할 수 있는 제자에 대하여 공자께 물었다.

"자로는 정치를 맡길 만한 사람입니까?"

공자께서 말씀하셨다.

"자로는 과단성(果斷性)이 있습니다. 정치를 맡긴들 무슨 어려움이 있겠소."

계강자 "자공은 어떻습니까?"

공자 "자공은 사리에 밝습니다. 정치를 맡긴들 무엇이 두렵겠소."

계강자 "그러면 염구는 어떻습니까?"

공자 "염구는 재능이 놀랍습니다. 정치를 맡긴들 무엇이 어렵겠소."

391) 자신에게 대범(大汎)하고, 남에게도 대범하면 지나치다

공자께서 제자 염옹의 성품이 관대하고 도량이 넓으므로 칭찬하셨다.

"염옹이야말로 임금 노릇을 할 만하오!"

그런데 자상백자(子桑伯子)도 관용 온후한 인품이 있다는 평이 있으므로 중궁이 물었다.

"그렇다면 자상백자는 어떻습니까?"

공자 "훌륭한 인물이오. 대범하고 까다롭지 않소."

중궁 "마음을 경건하게 가지고 대범하게 백성을 다스린다면 좋지 않습니까? 그러나 자기 마음도 대범하고 남에게도 대범하다면 너무 지나치지 않습니까?"

공자 "그렇소. 그대의 말이 옳소."

392) 시와 정치

《시경》은 ①순수한 인정에서 우러나오고, 사물의 이치를 노래하고, 풍속의 변천과 정치의 변화를 노래하였으니, 널리 응용할 수 있습니다. 그러나 《시경》305편을 외울 수 있을 만큼 시에는 능통하여도, 한 나라의 정치를 맡겨도 정치에 통달하지 못하고, 또 임금의 명령을 받고 외국에 사신으로 가서도 홀로 자유롭게 응대할 수 없으면, 그 사람이 아무리 시를 많이 읽었다고 한들 무슨 소용이 있겠습니까?"

① II-121) 참조.

393) 맹공작(孟公綽)의 재능

"노나라 대부 맹공작은 청렴결백한 사람이므로 초

나라와 같은 집안의 가신의 으뜸이 되기에는 충분하지만, 행정의 능력이 없으므로 등나라와 설나라 같은 작은 나라일지라도 나랏일을 맡는 대부로는 적당한 인물이 아닙니다."

394) 체제(禘祭)의 의의

어떤 사람이 공자께 체제의 의의를 물었다.

"그 깊은 뜻을 나도 ①알 수 없소. 하지만 그 뜻을 정말 아는 사람이 천하를 다스린다면 잘 다스려질 것이오."

그리고 손바닥을 보여주셨다.

> ① 공자가 정말 몰라서 한 말은 아니다. 왕자만이 할 수 있다는 뜻을 말하면 노나라의 외람된 제사를 폭로하여 나라의 악을 드러내게 되므로 꺼렸던 것이다. 그러나 암암리에 체제의 참뜻을 아는 임금이 천하를 다스린다면, 명분이 밝혀지고 예가 바로잡혀 천하가 잘 다스려질 것을 말하여, 당시 노나라의 문란한 예절을 한탄하였다.

395) 백성의 신망이 첫째다

자공이 정치의 요령에 대하여 물었다. 공자께서 말씀하셨다.

"식량이 풍족하고, 군비가 풍족하면 백성이 정부를 믿소."

자공이 말하였다.

"만일 나라의 정세가 부득이하여 세 가지 중 하나를 버려야 한다면 먼저 무엇을 버려야 합니까?"

공자 "군비를 버려야 하오."

자공 "만일 부득이해서 또 한 가지를 버려야 한다면 어느 것을 버려야 합니까?"

공자 "식량을 버려야 하오. 식량이 없으면 죽음을 면할 수 없겠지만, 사람은 한 번은 죽는 법이오. 하지만 백성이 정부를 믿지 않는다면 나라가 유지될 수 없소. 믿음은 나라의 근본이오."

396) 닭을 잡는데, 큰 칼을 쓸 필요가 없다

공자가 두서너 제자를 데리고 자유가 다스리는 무성에 갔다. 그런데 가는 곳마다 거문고 소리가 들리고 아악을 즐기는 소리가 들렸다. 공자는 자유가 예악으로 다스리고 있음을 알고 빙그레 웃으시며 말씀하셨다.

"닭을 잡는데, 소 잡는 큰 칼을 쓸 필요가 없을 것 같구려."

이 말은 무성 같은 작은 마을을 다스리는데 대도(大道)를 쓸 필요는 없다는 말이다. 그래서 자유는 공자께 여쭈었다.

"이전에 제가 선생님께 '군자가 예악의 도를 배우면 자연히 백성을 사랑하게 되고, 백성이 예악의 도를 배우면 다스리기 쉽다.'고 하신 말씀을 들었습니다. 그래서 무성에서도 예악의 도로 다스리고 있습니다."

공자께서 이 말을 듣고 변명하지 않고, 자유의 말을 그대로 받아들이고 제자들에게 말씀하셨다.

"자네들도 알겠지만, 지금 언(偃)의 말이 옳소. 아까 내가 닭을 잡는데 소 잡는 큰 칼을 쓸 필요가 없다고 한 것은 농담이었소."

397) 제자들의 포부(抱負)

자로, 증석, 염유, 공서화 네 사람이 공자를 모시고 앉아 있었다. 공자께서 말씀하셨다.

"내 나이가 그대들보다 조금 위라고 꺼릴 것 없소. 그대들도 평소 사람들이 자기를 알아주지 않아 일하지 못한다고 불평인데, 그대들을 인정하고 등용한다면 어떻게 하겠소? 서로 포부(抱負)를 말해 보시오."

자로가 예의를 잊고 남보다 먼저 일어나 말하였다.

"가령 노나라든가 위나라와 같이 병거(兵車) 천승

을 낼 만한 나라가 제(齊)·진(晉)·초(楚) 사이에 끼어 있고, 무력의 위협을 받을 뿐 아니라, 기근으로 식량난이 심한 매우 난처한 정세에 있는 나라라도, 제가 다스린다면 10년이 안 되어 백성의 용기를 회복하고, 백성의 의무를 알게 하고, 바른 도를 행하게 하겠습니다."

공자는 과연 자로답다고 빙그레 웃으셨다. 그다음은 증석(曾晳)의 차례인데 비파를 타고 있었으므로 공자는 염유에게 말씀하셨다.

"염구여! 그대는 어떻소?"

염구가 말하였다.

"6, 70리, 혹은 5, 60리 사방 되는 작은 나라를 제가 다스린다면, 3년이 안 되어 백성의 의식을 풍족하게 할 수 있을 것 같습니다. 그러나 예악의 가르침으로 민심을 감화(感化)하는 것은 제 힘이 미치지 못합니다. 덕 있는 군자를 기다리겠습니다."

다음에 공자는 공서화를 보고 말씀하셨다.

"적(赤)이여! 그대는 어떻소?"

공서화는 본래 예악을 목적하고 있었고, 또 염구가 예악에 대하여 겸손한 대답을 하였으므로 예악을 하겠다고 대답하지 못하고 겸손한 태도로 말하였다.

"예악에 뛰어난 것은 아닙니다만, 될 수 있으면 열심히 배우고자 합니다. 종묘 제사 때나 제후의 국제 회합과 같은 때, 예복과 예관을 갖추고 군자의 예를 돕고 싶습니다."

마지막으로 공자가 증석에게 말씀하셨다.

"증석이여! 그대는 어떻소?"

증석은 선생님과 제자들의 문답을 들으며 비파를 타다가 '팽' 하는 여음을 내면서 일어나,

"저는 세 사람의 포부와 전혀 다릅니다만."

하고 사양하였다. 공자께서 말씀하셨다.

"저마다 자기 뜻을 말하는 것이니 상관없소. 말해 보오."

증석이 대답하였다.

"화창한 늦은 봄에 산뜻한 겹옷을 바꾸어 입고 청년 대여섯 명과 동자 6, 7명을 데리고, 교외로 놀러 가 맑은 기수(沂水)에서 목욕하고, 숲이 우거진 무우단(舞雩壇)에 가서 소풍한 뒤에, 시를 읊으면서 돌아오고 싶습니다."

이 말을 듣고 공자께서 말씀하셨다.

"정말 좋구려! 나도 한몫 끼고 싶소."

자로와 염구와 공서화가 밖으로 나가고, 증석만

이 남아 있었다. 증석은 왜 선생님이 자기 말에 동의하였는지 알 수가 없었다. 그래서 물었다.

"세 사람의 말은 어떻습니까?"

공자 "역시 저마다의 뜻을 말하였을 뿐이니 좋지 않소?"

증석 "선생님께서 왜 자로를 보고 빙그레 웃으셨습니까?"

공자 "나라를 다스리는 데는 예로 해야 하는데 자로의 말에는 예가 없고 불손하므로 웃었소."

증석 "그러면 염구의 말은 나라를 다스리는 포부를 말하는 것이 아닙니까?"

공자 "6, 70리, 혹은 5, 60리 사방 되는 작은 나라도 한 나라가 아니겠소? 염구도 자로와 같이 정치 능력은 있지만, 겸손하게 작은 나라의 경계를 말했을 뿐이오. 그와 같은 나라지만 예악은 있어도 좋겠지요."

증석 "적의 말은 나라를 다스리는 것이 아니겠지요?"

공자 "천만에. 종묘 제사나 제후의 회합이 나라의 큰일이 아니면 무엇이 나라의 큰일이겠소? 그러나 적이 소상(小相)으로 예를 돕는다면, 누가 대상(大相)으로 그 장관 역할을 할 수 있겠소? 적도 겸손해서 그렇게 대답한 것이오."

398) 문왕(文王)의 덕

순임금에게 ①어진 신하 다섯이 있어서 천하를 잘 다스렸고, ②무왕(武王)은 '내게는 ③천하를 잘 다스리는 신하 열 명이 있다.'라고 하였다. 이에 대하여 공자께서 말씀하셨다.

"세상에는 인재를 얻기 어렵다고 하는데 정말 그렇지 않소? 당요(唐堯)와 우순(虞舜) 때 인재가 가장 많았고, 주나라 무왕의 어진 신하 열 명 가운데는 여자가 한 사람, 남자가 아홉 사람이었소. 문왕은 천하의 3분의 2를 차지하였으나, 신하로서 은(殷)나라를 섬겼소. 문왕의 덕이야말로 지극하다고 할 수 있소."

> ① 토목으로 홍수의 피해를 막은 우(禹), 농사를 다스린 기(棄), 문교를 맡은 설(契), 법률 재판을 맡은 고요(皐陶), 산과 늪의 수렵을 다스린 백익(伯益) 다섯 사람을 말한다.
> ② 주나라 문왕의 아들. 은나라 주왕의 폭정을 혁명하여 주나라를 세웠다.
> ③ 주공단(周公旦), 소공석(召公奭), 태공망(太公望), 필공(畢公), 영공(榮公), 태전(太顚), 굉요(閎夭), 산의생(散宜生), 남궁괄(南宮适), 태사(太姒).

399) 인재는 나라의 영광

"옛날 주나라가 크게 번영하였을 때, 여덟 명의 뛰어난 인물이 있었소. 백달(伯達)과 백괄(伯适), 중돌(仲突)과 중홀(仲忽), 숙야(叔夜)와 숙하(叔夏), 계수(季隨)와 계와(季騧) 같은 사람들인데, 그들은 한 집안의 영광일 뿐 아니라, 나라의 영광이었소. 지금 이런 인물이 나기를 바랄 수 없구려!"

400) 예를 모르는 ①양화(陽貨)

노나라 대부 양화는 공자를 만나고 싶어 하였는데, 공자는 만나려 하지 않았다. 그래서 양화는 공자가 찾아오게 하려고 삶은 돼지 한 마리를 예물로 보냈다. 당시에 대부의 선물을 받으면 방문하여 인사하는 것이 예였다.

공자는 양화를 만나고 싶지 않았으므로 그가 밖에 나가고 없는 틈을 타서 사례하러 갔다가, 돌아오는 길에 양화를 만났다.

양화는 길에서 공자에게 말하였다.

"우리 이야기나 합시다. 나라는 어지럽고 백성은 구차한데, 보배와 같은 재덕을 가지고서도 나라를 건지지 않는 것을 인(仁)이라고 할 수 있습니까?"

이 말은 아름다운 덕을 가지고 있으면서, 어지러운 세상을 등지고 벼슬하지 않는 공자를 풍자한 말이다.

공자께서 말씀하셨다.

"그것은 인이라고 할 수 없지요."

양화 "정치에 종사하기를 좋아하면서 몇 번이나 시기를 놓친다면 지자(知者)라고 할 수 있습니까?"

이 말은 계씨를 섬기려 하면서도 기회를 놓치고 실현하지 못한 공자를 야유한 것이다.

공자 "지자라고 할 수 없습니다."

양화 "세월은 흘러갑니다. 자기가 머물러 있다고 세월도 머물러 주지 않습니다."

공자 "예, 저도 장차 벼슬을 하겠습니다."

> ① 세력이 있는 인물 같다. 그는 공자를 인(仁)도 모른다, 지(知)도 모른다, 나이 먹어 간다 하고 풍자하고 자기를 섬길 것을 권하였다. 그러나 그것은 예가 아니므로 공자께서는 정면으로 상대하지 않으셨다.

찾아보기

ㄱ

거백옥(蘧伯玉) 122, 251
거보(莒父) 287
걸왕(桀王) 267
걸익(桀溺) 88
경공(景公) 44, 84, 207,
　287
계강자(季康子) 101, 217,
　264, 275, 279, 280,
　281, 299
계로(季路) 101, 269
계문자(季文子) 137
계손씨(季孫氏) 199
계수(季隨) 308
계씨(季氏) 44, 84, 121,
　227, 269, 282, 297,
　298
계와(季騧) 308
계자연(季子然) 121
고시(高柴) 102

고요(皐陶) 284
고종(高宗) 282
공명가(公明賈) 202
공문자(孔文子) 157
공산불요(公山弗擾) 293
공서적(公西赤) 97
공서화(公西華) 68, 176,
　303
공손조(公孫朝) 72
공숙문자(公叔文子) 202,
　285
공야장(公冶長) 74
공자 규(糾) 125, 126
관중(管仲) 125, 126, 223
광(匡) 땅 86, 103
구(丘) 83
궐당(闕黨) 175
극자성(棘子成) 243
금뢰(琴牢) 240
금장(琴張) 35

기수(沂水) 305
기자(箕子) 116

ㄴ

남궁괄(南宮适) 247
남용(南容) 74, 182
남자(南子) 87
내이(萊夷) 45
노담(老聃) 43
노팽(老彭) 67
논어통(論語通) 36

ㄷ

단궁(檀弓) 35, 53
달항(達巷) 44, 72
담대멸명(澹臺滅明) 123
담자(郯子) 43
당요(唐堯) 307
대아(大雅) 억편(抑篇) 백규
　(白圭) 182
동몽산(東蒙山) 270

ㅁ

맹경자(孟敬子) 236
맹공작(孟公綽) 202, 300
맹무백(孟武伯) 96, 108
맹손(孟孫) 107

맹씨(孟氏) 84
맹의자(孟懿子) 107
맹자(孟子) 37
맹장자(孟莊子) 113
맹지반(孟之反) 193
목탁(木鐸) 48, 77
무마기(巫馬期) 90
무성(武城) 123, 302
무악(武樂) 91
무왕(武王) 72, 247, 268,
　307
무우단(舞雩壇) 141, 305
문무(文武) 293
문수(汶水) 298
문왕(問王) 38
문왕(文王) 72, 86, 91,
　307
미생고(微生高) 193
미생무(微生畝) 83
미자(微子) 116
민자건(閔子騫) 101, 111,
　182, 241

ㅂ

반고(班固) 36
방숙(方叔) 42
방읍(防邑) 123

백괄(伯适) 308
백금(伯禽) 298
백달(伯達) 308
백어(伯魚) 165, 172
백우(伯牛) 98
백이(伯夷) 80, 119, 207,
　211
번지(樊遲) 69, 107, 141,
　194, 275, 283
변읍(卞邑) 202
비간(比干) 116
비(費) 땅 271
비심(裨諶) 289
비읍(費邑) 183, 293, 298

■ ㅅ
사(賜) 165, 186, 192
사마우(司馬牛) 184, 241,
　242
사서(四書) 37
사양(師襄) 44
사어(史魚) 251
삼(參) 67
상서(尙書) 291
상지(上知) 171
상퇴(向魋) 241
서경(書經) 158, 282

선(僎) 285
섭공(葉公) 50, 69, 114,
　266
세숙(世叔) 289
소공(昭公) 44, 90
소남(召南) 165
소련(小連) 80
소악(韶樂) 91, 278
소홀(召忽) 125
숙량흘(叔梁紇) 42
숙손무숙(叔孫武叔) 85
숙야(叔夜) 308
숙제(叔齊) 80
숙하(叔夏) 308
순(舜) 247, 267, 295
순(舜)임금 91, 250, 282,
　284, 307
시(詩) 100
시경(詩經) 110, 134, 158,
　164, 165, 173, 182,
　222, 300
신정(申棖) 191

■ ㅇ
악관 면(冕) 221
안로(顏路) 226
안연(顏淵) 52, 70, 101～

103, 195
안징재(顔徵在) 42
안평중(晏平仲) 127
안회(顔回) 79, 97~99,
　101, 103, 140, 158,
　161, 188, 225, 226,
　278
애공(哀公) 158, 278, 284
양부(陽膚) 286
양화(陽貨) 308
언(偃) 303
역경(易經) 145
염구(冉求) 97, 121, 137,
　199, 202, 234, 299,
　304
염백우(冉伯牛) 101
염옹(冉雍) 180, 299
염유(冉有) 46, 101, 119,
　176, 227, 241, 269,
　294, 297, 303
영공(靈公) 48, 281
영무자(甯武子) 124
예(羿) 247
예기(禮記) 173
예악(禮樂) 72, 213, 222,
　223, 228, 302
오(奡) 247

왕손가(王孫賈) 47, 62,
　116, 281
요순(堯舜) 138
요왈편(堯曰篇) 38
요임금 250, 267, 295,
　296
우순(虞舜) 307
우(禹)와 직(稷) 247
우(禹)임금 267, 294
우중(虞仲) 80
원사(原思) 36, 235
원양(原壤) 203
원헌(原憲) 201
위영공(衛靈公) 87, 251
유(由) 77, 96, 151
유비(孺悲) 177
유약(有若) 278
유자(有子) 35, 106, 188,
　295
유하혜(柳下惠) 80, 210,
　285
의(儀) 땅 48, 77
이(鯉) 226
이(履) 267
이구산(尼丘山) 42
이미(犁彌) 45
이윤(伊尹) 284

이일(夷逸) 80
임방(林放) 213, 227

■ ㅈ

자고(子羔) 183
자공(子貢) 52, 53, 59, 62, 72~74, 78, 85, 97, 101, 103, 119, 126, 128, 131, 134, 138, 147, 152, 157, 165, 175, 179, 192, 198, 200, 225, 239, 241, 243, 244, 249, 257, 260, 261, 290, 299, 301
자금(子禽) 290
자로(子路) 50~52, 69, 77, 79, 82, 87, 88, 96, 100, 115, 117, 121, 148, 154, 157, 162, 176, 183, 196, 199, 201, 241, 246, 250, 251, 257, 265, 291, 293, 299, 303
자문(子文) 120
자복경백(子服景伯) 85
자산(子産) 233, 289

자상백자(子桑伯子) 299
자아(子我) 181
자우(子羽) 289
자유(子游) 35, 101, 104, 108, 113, 123, 174, 180, 302
자장(子張) 104, 119, 130, 135, 143, 144, 150, 155, 198, 204, 208, 210, 221, 258, 264, 272, 282
자장문편(子張問篇) 38
자천(子賤) 177
자하(子夏) 34, 101, 109, 130, 133, 155, 156, 158, 162, 198, 212, 227, 242, 258~260, 284, 287
자화(子華) 234
장무중(臧武仲) 123, 202
장문중(臧文仲) 192, 285
장우(張禹) 38
장자(莊子) 202
장저(長沮) 88
장홍(萇弘) 43
재아(宰我) 101, 111
재여(宰予) 191

적(赤) 97, 234, 304

전손사(顓孫師) 102

전유(顓臾) 269

정공(定公) 44, 184, 281, 293

정명(正名)주의 51

정성(鄭聲) 278

정자(程子) 35

정현(鄭玄) 34

제환공(齊桓公) 124

조간자(趙簡子) 148

좌구명(左丘明) 193

주공(周公) 84, 87, 197, 293

주공(周公) 단(旦) 298

주남(周南) 165

주송(周頌) 옹(雍) 222

주왕(紂王) 260, 268

주임(周任) 270

주장(朱張) 80

중궁(仲弓) 34, 94, 101, 142, 282, 299

중돌(仲突) 308

중모(中牟) 148

중숙어(仲叔圉) 281

중용(中庸) 170, 195, 197, 198

중유(仲由) 100, 102

중홀(仲忽) 308

증삼(曾參) 102

증석(曾晳) 303

증자(曾子) 34, 35, 67, 110, 113, 130, 132, 211, 236~238, 249, 275, 286

지도(知道) 38

진문공(晉文公) 124

진문자(陳文子) 120

진자금(陳子禽) 74

진항(陳亢) 172

▌ ㅊ

최자(崔子) 120

추(陬) 87

추읍(陬邑) 42

축관(祝官) 타(鮀) 281

출공(出公) 첩(輒) 119

칠조개(漆彫開) 161

▌ ㅌ

탕(湯)임금 267, 284

태산(泰山) 227

ㅍ

필힐(佛肸) 148

ㅎ

하우(下愚) 171

한서(漢書) 예문지(藝文志)
　36

항산(恒産) 140

항심(恒心) 139, 145

협곡(夾谷) 45

호향(互鄕) 167

환공(桓公) 126

환퇴(桓魋) 49, 86

황간(皇侃) 36

회(回) 97, 98, 103, 225

[쉽게 풀어 쓴]
논 어

초판 인쇄 2025년 3월 19일
초판 발행 2025년 3월 25일

역 자 김 경 탁

발행인 金 東 求

발행처 명 문 당(창립 1923년 10월 1일)
서울시 종로구 윤보선길 61(안국동)
우체국 010579—01—000682
전 화 (02) 733—3039, 734—4798
FAX (02) 734—9209
Homepage www.myungmundang.net
E—mail mmdbook1@hanmail.net
등록 1977.11.19. 제1—148호

ISBN 979—11—94314—18—9 03820